菊川あすか

君がくれた最後のピース

実業之日本社

目次

君がくれた最後のピース

なんの後悔も未練もなく人生を終えられる人など、きっと存在しない。私もそうだ。後悔もあるし、言いたいこともやりたいことも、思い描いていた未来はまだまだたくさんあった。

でもあなた達を見ていたら、私の人生も悪くなかったなと思える。時間は取り戻せないけれど、進むからこそ繋がることもあるのだ。

だから、そんなに眉間にシワを寄せないで。苛立ってしまう気持ちはよく分かるけど、一度深呼吸をしてごらん。

笑顔は人を明るくする。元気にする。だから、笑えばきっと……。

第一章

計画的家出

「大変だったわね」

「まぁね。だけど三人でなんとかやってきたし、これでようやくひと段落かな」

労い（ねぎらい）の言葉をかけてきた美紀子伯母（みきこおば）さんに、父が香典のお返しを渡した。きちんと締めていたはずの黒いネクタイは父の首元から消え、ぽっこり太ったお腹（なか）に耐え切れなくなったベルトは、緩められている。

「お返しも次からは必要ないわよ、親戚だけなんだし。仕事だって忙しいんでしょ？」

「そういうわけにはいかないよ。姉さん達にもしょっちゅう会えるわけじゃないんだから、こういうことはきちんとしなきゃ」

父は、さも自分が全てやったかのような言い回しをしているけど、何を隠そう香典返しを用意したのは私だ。評判の良い和菓子屋の最中（もなか）をネットで調べて注文したのも、昼食用のお弁当の手配やお坊さんへの連絡も全て私。それなのに、何を〝大変だけど、俺は大丈夫〟的な雰囲気を出しているのだろうか。はっきり言って、今回お父さんがやったことといえば、自宅からお寺までの車の運転のみ。だから、伯母さんの気遣いを断れる権利を持っているとしたら、それは私だけだ。

お酒が入って少し上機嫌の父を横目で睨みつつ、帰る支度をはじめた。

私、田村智子の母が四十六歳で他界して二年。今日は葬儀の時からお世話になっているお寺に親戚一同が集まり、母の三回忌が行われた。来たのは関東近辺に住む父の姉三人とその家族で、私達も合わせて総勢十五名。午前中に三回忌の法要を終えたあと、私が予め注文していた少し豪華なお弁当を、お寺に隣接している施設で食べた。

親たちは当然のようにお酒を飲み、何度も聞いたことがあるような、特に面白くもない昔話で盛り上がっていた。私はというと、同年代のいとこ六人と最近よくテレビで見るお笑い芸人のこととか、大学はどうだとか、明日には忘れてしまいそうな他愛のない会話をしながらお弁当を食べた。

気疲れするので、本当は親戚の集まりがあまり得意ではないけど、それでも私は場の空気を壊さないように調子を合わせて話を盛り上げたりしていた。でも、兄は違う。一番奥の席に座っているふたつ上で二十二歳の兄、光志は、我関せずといった顔で黙々とお弁当を食べてビールを飲んでいるだけ。偶然居合わせた人が相席でもしているかのように一切会話には入らず、話しかけられても無言で頷（うなず）くだけで、終始ひとりの世界に浸っていた。

「またね、智子ちゃん。剛志（つよし）のことよろしくね」

　昼食を終えて外に出た親戚一同がそれぞれの車に乗り込もうとした時、佐和子（さわこ）伯母さんが私の肩をポンと叩（たた）きながら言った。

　剛志とは、父のことだ。父は田村家三姉妹の下に生まれた初めての男の子だから、伯母さん達はみんなお父さんが大好きで、かわいがってきたらしい。アラフィフのおじさんになった今でも、父は姉達から甘やかされている。

「あ、はい。今日はありがとうございました」

「お父さん、お酒好きでしょ？　本当はやめてもらいたいけど、あんまり飲まないように気をつけてあげてね」

「はい、そうですね」

　私が言って聞くようなら苦労はしない。一度会社の健康診断で引っかかって以来、父には飲みすぎるなと再三注意してきたけど、無理だったので諦（あきら）めている。それに、妻を亡くした父から唯一の楽しみであるお酒を取り上げるなんて、そんなことはできない。私にできるのは、病気にならない程度の飲酒に止（とど）めるよう、見守ることだけだ。

「大丈夫よ、智子ちゃんがいるんだから。きっとお母さんも安心してると思うし。ね、智子ちゃん」

今度は横から入ってきた美紀子伯母さんが、そう言ってきた。

「はい、そうですね……」

漂う空気に合わせて心にもないこと口に出し、私の心はまた疲弊する。もしもお母さんが残された私達三人の現状を見ているとしたら、どう思っているだろう。

「そうね、智子ちゃんはしっかりしているし、伯母さん達も安心だわ」

ふたりの伯母さんは顔を見合わせて笑い、私は笑顔の仮面をかぶる。

「しっかりしている」と言われるのが、私は大嫌いだ。しっかりしているというのは間違いで、正しくは〝しっかりしなければいけなかったから頑張っていた〟だけ。母が亡くなった日から今日まで、人生で初めてしっかりした自分になった。ならざるを得なかった。ただそれだけだから。

親戚がそれぞれの車でお寺を出発するのを見送ったあと、私と父も車に乗り込んだ。父はお酒を飲んでいるし、兄はペーパードライバーなので、運転するのは私。運転席に乗り込んでチラッとバックミラーを確認すると、親戚にひと言だけ挨拶(あいさつ)をしていち早く車に乗り込んでしまった兄が座っている。兄なら率先して親戚にお礼を伝えるとか、色々やるべきことがあると思う。けれど、それらを一切しない我が家の長男に、誰も注意をしないというのもどうかと思う。

　胸の内に気づいてほしい。そんな希望を込めてわざと大きくため息をついてから車を発進させたけど、父は助手席で爆睡をはじめ、兄は無表情で窓の外を見ていた。今度は自然とため息が漏れる。


　父のイビキに耐えながら三十分でマンションに到着し、三階にある自宅に帰ってきた。父は廊下を進んでリビングへ、私と兄は玄関を入って左右にある自分の部屋にそれぞれ入った。

　暑くて窮屈だった喪服を脱いでTシャツとスウェットに着替えた私は、ベッドに仰向けで倒れ込んだ。

「あぁ、疲れた」

　親戚の集まりのあとは、いつもこう。たいしたことはしていないのにこんなにもくたびれるのは、きっと精神的な問題だろう。でも、それもとりあえずは今日で終わり。父も言っていたけど、ひと段落ついたので、四年後の七回忌まで私の役目はない。

「終わった……」

無意識に出た安堵の言葉が天井に向かっていき、私はゆっくりと目を閉じた。

母がくも膜下出血で急死して以降、目まぐるしい二年間だった。

病院に運ばれて母の死亡が確認されたその日のうちに、父の会社の人が通夜や告別式を行う会場を紹介してくれて、私は悲しむ間もなく今後の打ち合わせと準備をはじめた。色々と決めなければいけないことの中には、棺桶の色や形、遺影、受付は誰にするかなど、他にもたくさんある。これが結婚式なら苦にならないのだろうけど、つらいのに、祭壇に置く花を『こっちのほうが綺麗かも』とか言いながら選んでいた当時の自分は、絶対にどうかしていた。

葬儀が終わっても、まだまだやらなければいけないことはある。母が加入していた保険や銀行などの手続き、母が勤めていた会社への挨拶。全部は思い出せないけど、他にも多々ある手続きのほとんどを、私がやった。父は家のことを全て母に任せていたので何も分からなかったし、仕事が忙しい父に任せるのは申し訳なかったから。とはいえ、身内が死亡した際の手続きは私にとっても初めてのことなので、自分で調べながらなんとかこなすのがやっとだった。

手続きがひと通り終わっても、母が当然のようにやっていた家事は誰かがやらなければいけなくて、まぁ普通に考えれば私だ。料理上手な母のおかげで私も料理は得意だったけど、たまに手伝っていた程度でもちろん毎日作ったことなどない。洗濯は基本お母さんがまとめてやってくれていたし、掃除は自分の部屋とお風呂場しかしたことがなかった。それでもやるしかなくて、毎日は無理でも、私なりに力の限りを尽くしてきたつもりだった。けれどその出来は、フルタイムで働きながら家事を完璧にこなしていた母の足元にも及ばない。

こうして二年間、最愛の母が亡くなったというのに、私は嘆き泣くことさえできない怱忙（そうぼう）の日々を過ごしてきた。

「智子！」

父の声が聞こえてきた。多分、夕飯の話か何かだろう。

「と～もこ～」

「はいはい、今行くよ」

勢いよく体を起こした私には、今日もやっぱり悲しむ時間なんてないみたいだ。

「どこだったかなぁ」

リビングに行くと、父は隣（となり）の和室の押入れに頭を突っ込んで何やら漁（あさ）っていた。

「どうしたの？」

「あれ、ほら、あれ探してるんだけど」

父は何かを思い出す時は必ず最初に「あれ」という。名前がすぐに出てこないのは歳（とし）を取った証拠だ。私もいずれそうなるのだろうか。

「あれ、だけじゃさっぱり分からないんだけど」

大きな押入れには、中身が不明な謎の段ボールがいくつかある。恐らくもらい物やアルバム類など、普段あまり使用しない家族の物が段ボールに仕分けて入れてあるのだと思う。でも中身を全て把握している人はもうこの世にはいないため、本来なら私達が一度全部出して確認しなければいけない。けれど、中身が分からないことで特に困った事態はこれまで訪れていないので、未（いま）だ手つかずだった。

「んー、どこ行ったかな。あの、ほら、あれ」

「ネクタイ？」

「そう！　ネクタイ！　前にお母さんがくれたやつ、勿体（もったい）なくて箱に入れたままどこかにしまったと思うんだけど」

首元にちょんと手を当てた父の仕草だけで、私は正解を導き出した。

こんなふうに、自分でネクタイひとつも探し出せない父を見て、きっと母はもどかしい思いをしているに違いない。

「大事なのにちゃんとしまっておかないからこういうことになるんだよ」

「どこにやったかを忘れただけで、ちゃんとしまったんだよ」

忘れたのならちゃんとしまったとは言えないけど、私もよく物を失くしたり部屋がすぐに散らかるので、あまり強くは言えない。

「ちょっとどいて」

父をどかし、今度は私が押入れの中に上半身を突っ込んだ。私がだらしないのは、きっと父譲りだ。

一番手前の古びた段ボールを取り出すと、そこには箱に入ったまま手つかずのお皿類が入っていた。のし紙が付いたままの物もあるので、引き出物やお祝いなどにもらった品で間違いない。

次に、大きな段ボールの上にのっている小さい段ボールを出すと、アルバムに挟んでいない写真やポーチがあった。黒いポーチのファスナーを開くと、アクセサリー類がいくつか出てきた。結婚式に使えそうな真珠っぽいネックレスもある。母が着けたことのある物なら、これは私が遠慮なくもらっておこう。ファスナーを閉じてふと視線を移した先に、茶色いカバーの手帳があった。誰の手帳だろう。これももらい物？　気になるけど、まずはネクタイを探すのが先だ。

小さい段ボールを横に置き、奥のふたつ重なっている段ボールを動かそうと思ったのだけど、かなりの重量がある。とてもひとりでは持ち上げられそうにない。

「これ、ヤバいんだけど」

私がそう言うと、父は「どれどれ」と言って持ち上げようとした。

「ほんとだ、ヤバいね」

同じような口調で父が言い、持ち上げるのは断念した。私も父も面倒くさがりなので、とりあえず蓋(ふた)だけ開けて中を確認した。

上にのっていた段ボールには土鍋が入っていて、下の段ボールの蓋は全部開くことができないので隙間から覗(のぞ)くと、炊飯の文字が見えた。

「炊飯器？」

「あ、これってもしかしたらもらったやつかも」

「誰に？」

私が聞くと、父は少し悩んでから、

「多分、社長かな」

と、自信なさげに答えた。父の会社の社長さんはよく物をくれるので、あながち間違いではなさそうだ。

今使っている炊飯器は随分古い物だけど、使用するにあたって全く問題ないため、母は新しい物を出さずにしまっていたのだと思う。母らしい。私や父や兄なら最新の家電のほうがいいからと、すぐに古い物を捨てて交換してしまうだろうけど、母は物を大事にしていていつも壊れるまで使うからだ。

「さすがに炊飯器と一緒にネクタイは入れないよね」

綺麗好きの母だから、そんなジャンルの違う物同士を同じ段ボールにねじ込むことなど絶対にしない。

「ていうかさ、本当に押入れにあるの？」

「いや、分かんない。押入れかな？　と思って探してるんだけど」

「箪笥の中は全部見たの？」

「まだこれからだけど」

和室の壁沿いにふたつ並んだ大きな箪笥は、私に物心がついた時からずっとある。今は主に父の服がしまってあるのだけど、もちろん二年前までは母の服もそこに入っていた。

「普通さ、押入れ探すのは最後の最後じゃない？　大変なんだから。先にこっちを見なきゃ」

　私は右側の八段ある箪笥をペチペチと叩きながら言った。

「そっか。でもお父さんの服が入ってるところにはないと思うよ？」

「だったら、ここは？」

　一番上の左右に分かれている引き出しの右側を開けると、ハンカチやタオル類が無造作に詰め込まれている。

「何これ、ちゃんとたたみなよ」

　今時小学生でも、もうちょっと綺麗にたたむでしょ。

　呆れながら入っているハンカチを手前に寄せて手を奥に伸ばすと、薄くてツルッルとした物が指先に触れたので、それを取り出した。

「これは？」

　白い箱を手渡すと、開けて中身を確認した父の目が、瞬時に大きく開いた。

「あったあった、これだ！　なんだ、ここに入ってたのか」

　濃いグレーの生地に小さなドット模様で、母が選びそうなシンプルなネクタイだった。

「なんだじゃないよ。普段からこの引き出し開けてるんじゃないの？」

「そうだけどさ、あんまり奥のほうまで見ないじゃん」

「見ないじゃんじゃなくて、とりあえずこのぐちゃぐちゃなハンカチどうにかしなよ！　アイロンかけるなら出しておいて、あと脱いだ服も、クリーニング出すなら袋に入れておいてよ！」

「はいはい」

ダルそうに返事をした父にいささか苛立ったけど、母からのプレゼントなら無事に見つかってよかったと素直に思う。それに、思わぬ収穫もあった。

私はポーチなどが入っていた小さな段ボールを持ち、自分の部屋に戻った。

ドサッとベッドの上に段ボールを置いて中を改めて確認すると、写真が束になってまとめられており、それなりの量がある。一番上には、赤ちゃんを抱っこしている母の写真。この赤ちゃんは私で、母の横に立っている小さな男の子は兄だ。

そんな微笑（ほほえ）ましい写真を見たあと、ふいに胸が締めつけられた。それは今にはじまったことではなく、私のアルバムが兄の物よりも少ないと気づいた時からたまにやってくる、うら寂しさ。でも当時はその感情がなんなのかハッキリ分からなかったし、そこまで気にしていなかった。だけど母が亡くなり、これまでの思い出を振り返る機会が多くなったことで、私の中でくすぶっていたとても小さな違和感の正体に、気が付いてしまった。

それは、私と兄との差だ。母はずっと、私よりも兄のほうを気にかけ、心配し、世話を焼いていた。私にはしないのに、兄が学校の準備をすると母が毎日確認して忘れ物がないかチェックし、勉強は隣に付きっきりで教えていた。とにかく何をするにも手を貸し、常に見守っていたような気がする。私はなんでも自分でできたけど、そんな兄が羨ましいと感じることもあった。勉強も運動も私のほうができたのに、兄と自分とに対する母の対応には言葉では言い表せない相違があったのは確かだ。

でも母は私がピンチの時は必ず助けてくれたし、抱きしめてもらった記憶も家族で出かけた楽しい思い出もたくさんあって、優しくも厳しかった母からの愛情はじゅうぶんに感じていた。だからこそ私は母が大好きだし、何度生まれ変わっても母の子になりたいと思う。だけど、私と兄の間に差があったのは事実だった。

大人になった今だからこそ分かるのだけど、それは愛情の違いというよりも、私と兄のことを〝見る〟回数が違っていたのだと思う。母がどうして兄ばかり見ていたのか、自分なりの考えなら持っているけど、母に「どうして？」と聞けない今、その答え合わせは永遠にできない。写真一枚で思い悩むのは、今も昔も私だけ。小さく残ったしこりがいつまでも心に引っかかって取れないのは、凄く苦しい。

写真を元に戻し、気持ちを切り替えるように手帳を手に取った。コンパクトサイズの手帳を捲ると、カレンダーには何も書いていないし、使った形跡もない。私の記憶の中に手帳を開いたり書き込んだりしている母の姿はないので、もらい物を捨てずにしまっていただけなのだろう。

そう思いながらパラパラ捲っていると、カレンダーではなく、メモなどを書くための真っ白なページが目について手を止めた。私の瞳がそこに書かれていた文字を捉えた瞬間、胸を突かれたような衝撃が走る。


〝愛せていただろうか〟


ボールペンで書かれているたった一行だけの綺麗な文字は、間違いなく母のものだ。

「愛せて……？　どういうこと？」

二〇一九年の手帳なので、前年の末頃から母が亡くなった二〇一九年七月二十五日までの間に書かれたということになる。

愛せていたかどうか疑問を抱いていた？　どうして？　というか、この言葉の先にいるのが私達家族だとしたら、どういう意味なの？

本当は愛していなかったけど、上手(うま)く愛せていたか、つまり愛しているように見えていたかどうか懸念を抱いていた？　私達からの愛情が感じられず、自分の愛情にも自信がもてなくなった、ともとれる。それともただなんとなく書いただけの落書きなのか、本やドラマなどの台詞(せりふ)か。考えれば考えるほど、分からない。

他のページも確認したけど、書かれているのは本当にこの一行だけだった。母は、なんのために新しい手帳を開き、この言葉を綴(つづ)ったのだろうか……。

父に見せたらどうかと一瞬考えたけど、それで答えが出るとは思えない。だからと言って、兄に相談するなんて論外。「別に意味なんかないだろ」で済まされるに決まっている。

私はこの手帳をどうするべきか。見なかったことにはできない。かと言って、どういう意味なのか聞くことももうできない。

もう一度母の文字を見つめたあと、通帳などの大事な物がしまってある引き出しに手帳を入れた。

答え合わせができない問題をさらに突き付けられた私は、このまま悶々(もんもん)とした日々を過ごさなければいけないのか。それとも、時間が経てばそのうち忘れてしまうのか……。

*

「でね、食事の時は智子ちゃんが伯父さん達にお酒を注いであげたほうがよかったかな。みんな忙しい中集まってくれたわけだし。って、三回忌が終わった後日わざわざＬＩＮＥがきたわけ。そもそも、なんで私が酒を注がなきゃいけないの？　飲み屋で働いているわけじゃないし、無理に集まってくれって頼んだ覚えもないもん」

鼻息荒く愚痴をこぼしたあと、私はたまごサンドを口いっぱいに頬張った。

「そっか、大変だったね。だけど、その伯母さんも悪気があったわけじゃないと思うし」

ゆっくりと流れる雲のように穏やかな口調は、いつもなら心地いいのだけど、今の私にはちょっとしゃくに障る。

そんなことは言われなくても分かっているけど、悪気があるとかないとかそんな問題ではない。本来なら母を想って静かに食事をしたいのに、親戚の伯父さん達に気を遣って酒を注がなければいけないなんて、そんなの絶対におかしい。母を亡くした娘の気持ちを考えたら分かるはずなのに、それが汲み取れないということは、つまり誰も私の気持ちを理解してくれていないということ。母を亡くしても娘なんだからしっかりやることをやれ。二年も経ったんだからもういいだろう。そんなふうに言われているみたいで正直つらい。そう言いたいのだけど、口の中がたまごサンドでいっぱいなので、とりあえず目の前に座って呑気にカツカレーを食べている藤間翔太を見据えた。

二重の大きな目と高い鼻、各パーツがハッキリと整った翔太の顔立ちは一見モテそうだけど、実際はそうでもない。先週切ったばかりの髪の毛もサッパリと短く爽やかスポーツマンのように見えるのに、運動は得意ではなく、走り方も変。そんな翔太は、同じ大学の同級生で、付き合ってもうすぐ一年になる私の彼氏だ。そして、日々の不満を吐き出せる唯一の相手でもある。

前期のテストが今日で終わり、私達はいつものように学食でお腹を満たしてから帰ろうということになって、今ここにいる。

「でももう終わったことだし、これで親戚の集まりからも解放されるわけだから、どうでもいいもん」

「頬っぺた膨らんでるし、全然どうでもよさそうじゃない声だよ」

笑いながら翔太に指摘され、私は誤魔化すようにたまごサンドの最後のひと口を食べ、ステンレスのマグボトルに入っている冷たいお茶を飲んだ。

「だからって、どうにかなることじゃないでしょ？　伯母さんに反論なんてできないし……」

結局こうして腑に落ちないことがあっても、不満や苛立ちが薄れるまで待つしかない。もしくは、美味しい物を食べて発散する。私の場合、圧倒的に後者が多いけど。

そんなことを思いながら、視線は自然と翔太のカツカレーに向いていた。

「食べる？」

熱く注がれた私の視線に気づいた翔太は、自分が食べているカツカレーを私のほうにスッと寄せてくれた。

「食べる」

「智子ならそう言うと思った」

大きめのスプーンに少しのご飯とカレー、その上にカツをひと切れのせて一気に口の中へ入れた。

「おいひい」

思わずこぼれた私の言葉に、翔太が嬉しそうに微笑んだ。

もっと食べたいけど、我慢してカツカレーを翔太の元へ戻した。痩せているけど大食いな翔太は、いつも凄く美味しそうに食べるので、見ていて気持ちがいい。

「智子～！」

お皿についたお米を残さず全て綺麗に食べている翔太を見守っていると、麻由里が声をかけてきた。麻由里も同級生で、入学した時に学校主催の新歓で仲良くなったひとりだ。

「ねぇ聞いてよ！」

「どうした？」

私の隣に座った麻由里が正面の翔太に軽く頭を下げると、それに応えるように翔太も頭を下げた。このふたりも同級生なのだけど、翔太は人見知りなので友達は多くない。話しかけられても上手く返すことができず、会話も弾まない。それが翔太のモテない理由だ。

「あいつ、浮気してたんだけど！」

目くじらを立て、随分と憤慨した様子で声を張り上げた麻由里。

「えっ、マジで？」

「マジだよ！　なんか怪しいなって思ってスマホ見たら、私の知らない女と信じられないＬＩＮＥのやり取りしててさ！」

麻由里は証拠として写真を撮ったらしく、それを見せてくれた。確かに、恥ずかしくなるくらい生々しくて痛々しい言葉が連なっている。

「こりゃアウトだね。別れたの？」

「それはまだ。だって、このまま別れるなんて負けたみたいで悔しいじゃん！」

「そうだけど、だったらどうしたいの？」

「相手の女と彼、ふたりそろって土下座でしょ！　土・下・座！」

麻由里は女の子らしいふわふわとした雰囲気で、目もパッチリしていてかわいいのに、若干口が悪い。それにこの言いざま。どこかの銀行員のドラマのように、土下座を要求する麻由里の姿を浮かべてしまった。

「そんなことされたって、麻由里の気持ちは晴れないと思うけど？」

「でも、だってムカつくもん」

「そうだけどさ、こんな男に時間を割くのはもったいないよ。さっさと別れて新しい恋を見つけたほうが麻由里のためだと思うな。まだ若いんだし」

　同じ歳なのだけど、私はなだめるようにそう言って麻由里の肩に手をのせた。口を尖らせている麻由里の気持ちは分かるけど、土下座をされたからといって傷ついた心が治るわけではないのだ。

「ていうかさ、そもそもスマホなんて見たっていいことないんだから」

「だけど、私が見なかったらあいつは浮気し放題だったんだよ？」

「それはないよ。現に麻由里は彼の異変に気づいて不安になったわけでしょ？　つまり彼から浮気オーラが勝手に溢れ出てたってわけ。バレるのは時間の問題だったよ。だからマナーとして、スマホは勝手に見ないほうがいい。今後の教訓としてね」

「うぅ……そう、だよね……」

「そんなかわいい顔で土下座しろ！　なんて言うよりさ、もっと素敵な人見つけてハッピーな恋して笑ってたほうが絶対幸せだから」

「そっか……そうだよね。そこまで好きじゃなかったし、あんな奴のこと考えてたら時間の無駄だもんね」

　麻由里が彼の話をする時はいつも愚痴ばかりでちっとも幸せそうじゃなかったか

ら、きっと好きじゃなかったというのは本心なのだろう。ただ浮気されたことが悔しくて、やり返したかっただけなのだ。

「ありがとね、智子。藤間くんも、邪魔しちゃってごめんね」

「いや、全然」

翔太は控えめに返事をしながら、顔の前で手を振った。

「じゃーまたね。夏休み、行けたらどっか行こう」

「うん、分かった」

麻由里が学食を出ると、翔太が唐突に私を凝視してきた。

「え、何？　なんか付いてる？」

「いや、あのさ、前から思ってたんだけど、智子って相談されること多いよね」

「あぁ、そうかもね。しっかりしすぎて年上みたいって言われたこともあるし」

翔太の言う通り、私はなぜか友達に相談されることが多い。言いたいことも割とハッキリ言うし、多分大学の友達からは姉御タイプの女だと思われているに違いない。実際は違うのに、自分でも分からないけど、なぜか友達の前では強い自分になってしまうのだ。

「俺に愚痴を言う時はかわいいのにね」

「……え？　ちょっと、急に何。愚痴を言う奴がかわいいわけないじゃん」

　不意を突かれた言葉に、少し動揺してしまった。

「かわいいよ。だっていつもはしっかりしてるのに、俺に家族とか親戚の愚痴を言う時は子供みたいな顔になるもん。食べ物で機嫌が直るところもね」

「それ、褒められてるのか微妙なんだけど。ていうか、それを言うなら翔太だってそうじゃん。私と話す時だけなんでそんなに普通なの？　他の子とは全然話さないのに」

　私が聞くと、翔太は「どうしてかな？」と言いながら遠くを見て考えはじめた。

　学食は十階ある本館の九階にあるので、とても見晴らしがいい。今日は天気がいいのでスカイツリーもよく見えている。

「多分、智子だからかな」

　考えた挙句、不明確な答えが返ってきた。

「好きな人だからたくさん話したいって思うし、話さなくても気まずくないっていうか、自然な自分でいられるんだよね」

　今日の翔太はなんだか変だ。いつも「好き」とか「かわいい」とか、そんな言葉はほとんど言わないのに。

「だからさ、一緒に住みたいなって思ってる。結婚前には同棲したほうがいいって聞くし」

「……はっ⁉　え、待って、なんの話？　なんか急に色々情報が飛び込んできたけど、空耳？」

付き合って一年、結婚なんて言葉は今まで一度も出ていない。それなのに、同棲したいという話の中でサラッとプロポーズ的なことを言われた気がするけど、気のせい？

「急じゃないよ。俺はずっと考えてたから」

頭がこんがらがって、何がなんだか……。

「いや、ちょ、ちょっと待って！　そうだ、あのね、相談したいことがあるんだ」

私がそう切り出せば、翔太が無理に話を続けることはないと分かっていたから、少し強引だけど話を逸らした。とはいえ、相談があるというのは本当だ。

「じ、実はさ、この前謎のメッセージを発見しちゃって……」

小さな動揺を残しつつ、私は例の手帳に残された一文について翔太に話した。このままひとりで悩んでいたら、不眠症にでもなってしまいそうだったから。

「間違いなくお母さんの字なんでしょ？」

「そう。私がお母さんの字を間違えるはずがないもん」

「なんだろうね、暗号ってわけでもなさそうだし」

答えが見えてくるわけではないのに、腕を組みながら手帳を見つめて真剣に考えてくれている翔太。

「ずっと考えてたんだけどさ、愛せているかどうかなんて普通改めて確認なんてしないと思うんだ。愛情って自然と出て自然と相手に伝わるものでしょ？　だからこのメッセージが家族に宛てたものだとしたら、本当は愛してないけど……っていう意味に思えちゃって」

そんなことないと信じたいけど、考えれば考えるほど悪いほうに思考を巡らせて不安になってしまう。

「それは考えすぎだよ。俺は智子のお母さんに会ったことないけど、愛情がなければ智子はこんなふうにはなってないだろうし」

「こんなふうって？」

「頑張りすぎるところはあるけど、友達の悩みは親身になって考えてあげるし、責任感が強くて本当は凄く優しい。それにやっぱり、智子は笑顔が似合うと思うんだ」

「ちょっと、やめてよ」

面と向かってここまで言われるとさすがに気恥ずかしくて、私は少し目線を下げた。

「智子が見せる笑顔は、お母さんとの日々があったからこそだと思うよ」

その言葉は、思った以上に私の心を揺さぶった。母との思い出を浮かべて自然と微笑んでしまうのは、幸せだったからだ。でも、それなら自分の愛情に疑問を持っているかのようなあの言葉はなんなのか。

「どんな気持ちで書いたのかを、もう二度と知ることができないっていうのは結構キツいよ。こんなことなら手帳なんて見つけなければよかったな。ていうか、お父さんがネクタイを探すのに押入れなんか漁るからだよ」

「でもさ、遅かれ早かれいずれその段ボールは開けるわけだし」

「だけど今じゃなくたっていいじゃん。あと十年後かなんかに見つかったなら、まだ軽く受け流すことができたかもしれないのに」

「そういう問題？」

翔太の問いに、私は大きく頷いた。

三回忌が終わったばかりなんて、タイミングが悪すぎる。しかも私はまだ十九歳。

大人と子供の間を行ったり来たりしている未熟な自分が抱えるには、この問題は大きすぎる。

「夢に出てきて教えてくれないかな」

　この二年の間に、何度そう思っただろうか。夢の中でいいから、全ての疑問に答えてほしい。そして、少しでいいから私の話を聞いてもらいたい。顔が見たい、声が聞きたい。けれど、そう思えば思うほど喪失感を覚え、心に開いた穴は余計に広がってしまう。

　私はその思いを心の奥に閉じ込めるように、唇を嚙んだ。

「智子、大丈夫?」

　顔を覗き込んできた翔太に、私は精一杯の笑顔を貼りつけて「うん」と答える。

「ひとりで悩まないで、なんでも相談してね。頼りないかもしれないけど、俺は智子を支えたいし、だからこそ一緒に——」

「あっ!　そろそろ出ない?　本屋に行きたいんだった」

　再び同棲や結婚という話に繫がってしまいそうだったので、私は強制的に話を遮った。

　別に、翔太とそういうふうになるのが嫌なわけでは決してない。でも今は、まだよく分からないのだ。何が分からないのかさえ分からない。ただ、漠然とした不安が心の中にあるのは間違いなかった。

大学を出たあとショッピングモール内の本屋へ行き、翔太とは十六時頃別れた。その後、帰り際にスーパーで特売の豚肉を買って帰宅。

父は仕事なので家にはいない。兄はバイトの日だと思っていたのだけど、閉まっているドアの中から微(かす)かに物を動かすような音がした。バイトを休んだのか少し気になってそっと耳をドアに近づけると、突然「ドンッ！」と何かが壁に当たるような大きな音が響き、一瞬体が跳(は)ね上がってしまった。

嫌なことでもあったのだろうか。何が起こったのか気にはなるけど、子供じゃないのだからわざわざノックして確認することでもない。それに、こういう時はかかわらないほうがいいというのをこの二年間で学んだ私は、買ってきた豚肉を冷蔵庫に入れてから自分の部屋に入った。

着替えてスマホを確認すると、近くの霊園から着信が入っていた。きっとお墓のことだ。

実はお墓をまだ作っておらず、母の遺骨は家にある。お墓をどこにするか考えていた時、兄が『焦って決めたくない』と言い出したのがキッカケだった。

兄は子供の頃から難しいことを真面目（まじめ）に考えたり、話し合いをするというのも苦手だった。私や父にとってはそれが兄だと認識しているので疑問を持つことはなかったけど、お墓を決めたくないと言ったのは多分そういうことが原因ではなく、単純に寂しかったからだろう。

子供の頃から勉強も人付き合いも苦手だった兄をずっと支えてくれていたのは、母だった。だから当然兄も母が大好きで信頼していたけど、そんな母が急に亡くなってしまったため、寂しく思うのは仕方のないことだ。私も同じで、母の遺骨が家からなくなることが不安だった。そのため家族で話し合った結果、ここだというい場所が見つかるまで遺骨は家に置いておこうということになった。

家にあれば、なんだか見守ってくれているような気がしていたけど、それももうタイムリミットだ。二年も経っているのだから、そろそろきちんとお墓に入れてあげなければならない。

霊園の担当者と連絡を取ったあと、少しだけスマホのゲームをしてから夕食の準備をはじめ、三十分もかからずに豚丼が完成した。丼ものは簡単なので、我が家の夕食に頻繁に出てくる。

「よし、完璧」

ちなみに全ての調味料を目分量で入れるのは、母譲りだ。作り方が知りたくて『大さじ何杯くらい？』と聞いたことがあったけど、『さぁ、量ったことないから。だいたいでいいんだよ』と言われた。だから私は、母がどのくらい調味料を入れているのか目で覚えた。そんな小さなやり取りでさえ、私にとっては忘れたくない大切な思い出だ。

十九時になり、父はまだ帰ってこないので先にご飯を食べることにした。

「お兄ちゃん、私ご飯食べるからね」

部屋のドアをノックしてから、中に聞こえるように大声で言った。兄と一緒に食べたいというわけではないけど、一応声をかけたほうがいいかなと思い、毎日そうしている。素直に部屋から出てくる時もあれば、随分時間が経ってから出てきて食べる時や、突然いらないと言われることもあって、本当にいつも兄の気分次第。だけど、今日は私がご飯をよそっている時に出てきた。

「いただきます」

椅子が四つあるダイニングテーブル、私の斜め向かいに兄が座った。家族が四人だった時は私の隣に母で、正面に兄、兄の隣に父が座るというのが定位置だった。

だけど母がいた時は気にならなかったのに、兄と二人で向き合って食事をすることがなんだか落ち着かなくなって、今はお互いに自然とこうして斜めに座ってしまう。

　黙々と食べ続ける兄。会話がないのはいつものことだし、箸が止まらないので美味しいのだと思うけど、たまには美味しいとか言ってもらいたいものだ。でも、母の料理が出てくるのがあたり前だった頃、自分が毎回『美味しい』と言葉にしていたかというと、多分していなかったと思う。母の料理は本当に美味しくて、大袈裟ではなく世界一だと思っていたのに、それを伝えることはもうできない。もっとたくさん言えばよかったと、後悔ばかりが生まれてしまう。

「そういえば、霊園の人から電話あったよ。お墓がどんどん埋まってきてるらしいけど、そろそろうちも決めたほうがいいんじゃない？　あそこ人気あるみたいだし」

　自宅から車で十五分の場所にある霊園は半年前にできたばかりだけど、もう半分が契約済みらしい。いつでもお墓参りができる場所が見つかったのだから、私は決めてしまいたかった。

「そんなすぐ埋まらないだろ。買わせたいからそう言ってるだけだろうし、まだいい！」

ただ聞いただけなのに、兄は投げつけるような口調で返してきた。

「何その言い方。まだいいって、それじゃあいつになったら決めるわけ?」

「さぁ、知らん」

今度は冷めた表情で他人事のようにそう言った。母が亡くなってから、兄はずっとこんな調子だ。兄が何を考えているのか、私には本当に分からない。ただ、これ以上言っても喧嘩になることは目に見えているので、私は反論したい気持ちをグッと呑み込んだ。

兄は専門学校を出てから一度就職したのだけど、半年で退職した。母から聞いた話では、何か精神的なダメージが原因らしい。それからは高校の時に三年間働いていた飲食店で再びバイトをはじめて真面目に働いていたが、母が亡くなった一週間後に突然辞めた。恐らくショックによって仕事が手に付かなくなったとかそういう理由だと思うけど、思えば今日のように時々表れる兄の情緒不安定は、ここからはじまったのかもしれない。

「ていうか、今日バイト休みなの?」

その後、なんとか新たにレストランの厨房のバイトが決まり、今は週に五日行っているはずだが……。

「休みっていうか、辞めた」

「……え？」

兄は一切表情を変えることなく、空になったどんぶりを持って立ち上がった。

「え、え、ちょっと、辞めたって、なんで？」

私はまだ食べている途中だったけど、箸を置いて兄を見上げた。

「なんでって、別にいいじゃん」

「別によくないでしょ！　だったら新しいバイトは探してんの？　ていうか、就職は？」

「うるさいな。ちゃんとやってるよ！」

「やってるって何をよ！」

「あー、まじでそういうのいらないから。女のヒステリックは最悪だ」

思わず声を荒らげると、兄は鬱陶しそうに顔をしかめて部屋に戻ってしまった。

なんなの？　私が悪いの？

大きなため息をつき、怒りを無理やり閉じ込めるかのように豚丼の残りを口に放り込んだ。

こういう時、お母さんならなんて言うのかな。怒るのか、それとも優しく話を聞いてあげるのか。だけど私は母じゃないから、どんな言い方をしたって兄は私の話に耳を傾けてくれないし、じわじわと湧き上がる怒りを精一杯抑えることしかできない。

「ただいま～」

今の私の気持ちとは正反対の、何やらご機嫌な声を出しながら父が帰ってきた。

「お帰り」

「いや疲れたなぁ。今日のご飯は？」

不機嫌な私の低音に気づくことなく、父はニコニコと頰を緩ませながら聞いてきた。何かいいことがあったのだとすぐに分かるし、「いいことあった？」と聞いてほしい空気が前面に出ている。

「豚丼。もう食べるの？」

「食べようかな」

さらに淡々とした口調で私が聞くも、父は気づかない。私は自分の丼を流しに置き、鍋に火をつけてご飯を丼によそった。

こういう時、母がいたら一番に『何かあったの？』と聞いてくれるはずだ。私が悩んでいると、口に出さなくても母には全てがお見通しだった。心が読めるのかなと本気で思うくらい、私だけでなく家族みんなの気持ちをいつも言い当ててしまう。

「いただきます」

　着替えて私の前に座った父が、豚丼を食べはじめた。

「うん、美味しい。味もちょうどいいね」

　食べながら何度も「うん、うん、美味しい」と頷いている父。

　父は自分好みの味だった場合のみ美味しいと言ってくれるけど、こんなにしつこく繰り返すことはほとんどない。つまり、私の機嫌をよくさせたい何かがあるということだろう。お願い事か、もしくは私に怒られそうなことを告白するためのご機嫌取りか……。感情がすぐ顔に出る父に関しては、私も母のようにだいぶ気持ちが読めるようになった。

「で、なんかいいことでもあったの？」

「いやぁ、別になんてことはないんだけどね」

　目が嬉しくてたまらないと言っているにもかかわらず、もったいぶる父。聞いてほしそうだから聞いたのに、面倒くさい。初対面の人の「何歳に見える？」という、どうでもいいクイズくらい面倒くさい。

「実はね……」

私が何も言わないので、ついに自分から切り出してきた。そして父は一度席を立ち、充電中だった自分のスマホを持ってきた。

「これ、見て」

そう言いながら画面を私のほうに向けた。そこには、父と女の人が写っている。服装からして、ゴルフ中に撮ったのだろう。

「これが何？」

分からないけど、胃の辺りがムカムカしてきた。食べすぎたわけではなく、この写真が原因だ。ここに写る父の見たことがないような笑顔と、隣にいる知らない女の人。それから兄への苛立ちも合わさって、胸の中をかき乱されたみたいな不快感でいっぱいになった。

「あのね、この人……お父さんの彼女なんだ。美人だろ？」

私の反応をうかがいながら、父は恐る恐るそう言葉にした。私は満面の笑みを浮かべる親密そうな中年の男女から、目を逸らす。

「……気持ち悪っ」

そして、耐え切れずに心の声が小さく漏れ出てしまった。

年齢がいくつだか知らないが、隣にいる女の人は確かに綺麗だと思った。お母さんとはタイプが違うし、お母さんほど愛嬌はないし、お母さんほどかわいくはないけど、普通に美人な部類に入るかもしれない。でも、父の口から「彼女」と告げられた瞬間。身震いがした。

不愉快、鳥肌が立つ、イライラする。兄も父も、一体なんなんだ。母が死んでから今日まで、私がどんな想いで……。

お墓のことを父に相談しようと思ったけど、とてもじゃないが言えない。というか、言いたくない。五十歳手前で彼女ができたと言ってヘラヘラしているような人に、母のお墓を決める権限を与えたくない。

私は自分でも驚くほど感情のこもっていない声で、「へー、よかったね」とだけ言って、部屋に戻った。

ベッドに寝ころんだ瞬間、涙が出るのを堪えるためだけに全精力を注いだ。悔しくて泣くのは、余計に悔しい。だから絶対に泣かない。

父も兄も、思いやりというものが欠落してしまったのだろうか。母が生きていた頃はそんなふうに思わなかったのに。私が今までどんな気持ちでいたのか、何をしてきたのか、ふたりにとってはどうでもいいことだったんだ。それなら私は、なんのために頑張ってきたのか。

葬儀の時、家族の中で私だけが泣けなかった。

病院で母を看取った時は、あまりにも突然すぎて受け入れられずに涙が出なかった。病院に親戚が集まった時に泣きそうになったけど、伯父さんに『一番悲しいのはお母さんだから、泣いちゃダメだ』と、わけの分からないことを言われ、泣く機会を逃した。

通夜のあと、父は親戚の人達とお酒を飲みながら昔話で盛り上がっていて、なんで笑っているのか不思議で理解できなかった。兄は母の棺の前に座り、夜通し酒を飲みながらなにやらブツブツ話をしていた。私も、隣に座って一緒に話をしたかった。だけど私は、翌日の告別式について担当者と話をしたり、お金のことやお墓について調べ、時々話しかけてくる親戚の相手をして過ごした。

告別式当日も、母を見送る時に号泣していた父と兄の背中を、私は見つめるだけだった。来てくれた全員が母に最後のお別れを言えたか常に周りを見て気を遣っていた私は、悲しくてたまらないのに、声を出して泣き崩れたいのに、できなかった。母の顔を見られるのも手を握るのも、あの時が最後だったのに、できなかった。

その後は大学受験もあって、慣れない毎日の家事も大変だったし、とにかく忙しかった。だけど私は家族のために家のことをするのが嫌だと思ったことはないし、大学に進学させてくれた父には感謝していて、常に兄のことも心配していた。だから、喧嘩をしたとしても父や兄を疎ましく思ったことなど一度もなかった。なぜなら、母を安心させたかったから。全ては母のためだった。

仕事はできるけどお酒が大好きで、銀行のATMでお金を下ろす方法も知らなかった父と、口だけが達者で勉強や人付き合いが苦手な兄。そんなふたりを残して何も言えずに死んでしまったことで、きっと母が一番悔しい思いをしているに違いない。だからせめて安心して天国に行けるように、残された三人で助け合い仲良く暮らしているところを見せたいと思った。それなのに、私の想いはふたりに何も伝わっていなかった。頑張ってきたこの二年間は、全て無駄だったんだ。

バイトもせず家にこもる兄と、新しい彼女を作ってしまった父を見て、母はどう思っているだろう。きっと、心を痛めているはずだ。

少しでも安心してほしくて私なりに尽力してきたつもりだけど、ごめんねお母さん。お兄ちゃんは私に何か言われるのが気に食わないみたいで、ただ心配しているだけなのに、すぐに喧嘩になってしまうんだ。お父さんも、どうして彼女なんて作ったんだろう。酷いよね、自分勝手だよね。

真っ暗な部屋の中、母への想いを馳せていたら普通は泣けてくるのかもしれない。

でも、私は違う。張り詰めていた糸がブチッと切れてしまったように、頭の中で怒りという感情が豪快に弾けた。

スマホを手に取ると、暗黒の中で画面がやたらと眩しく光る。私は目を細めたまま翔太にＬＩＮＥを送った。

【今まで気づかなかったけど、どうやら我が家は、二年前からバラバラだったらしい】

【ん？　どうした？】

【しばらく会えなくなるけど、ごめん】

【何かあったの？】

幸いなことに、大学は明日から夏休みだ。どうにか休めるよう、今からバイト先の本屋にだけ連絡をして謝罪しよう。

【家出することにした】

【そうなんだ。家出って衝動的にするものだと思ってた】

【まぁそういう場合もあるけどね】

家出を宣言するのも、今すぐではないというのも変なのかもしれないけど、無計画で動くのは好きじゃないので仕方ない。それに、翔太に余計な心配をかけたくなかった。

【教えてくれてありがとう。で、家出先はどこ？】

行き先はもう決まっている。素泊りでいいけど、それなりに綺麗なホテルがいいな。新幹線のチケットの手配もネットでできるならしておこう。

家出なのに、ちょっと計画的すぎるだろうか。

第二章

兄妹

東京駅から新幹線に乗り込んだあとも、忘れ物はないかしばらく不安だった。家出なので忘れ物というのも変だけど、あれもこれもないとなったらせっかくの家出が台無しだから。

家出をすると決めてから、ありがたいことにバイト先にはなんとか一週間の休みをもらえた。

スーツケースに着替えや必要な物を詰め、しまっておいた母の手帳も斜め掛けのバッグに入れて持って来た。バイトでコツコツ貯（た）めたお金も十万円下ろして、泊まるホテルも予約をし、極めて用意周到にことを進めた。

あと考えなければいけないのは、父と兄のこと。何も言わずに突然いなくなるのが家出なのだろうけど、そんなことをして父が騒ぎ立てたら面倒だ。だから私は、家出をする日の朝、父が出勤したあとに【ひとり旅に出る】とＬＩＮＥを送った。父は彼女ができて浮かれているのか、特に心配することもなくお土産（みやげ）の要求だけをしてきた。

兄はというと、出発時間の朝八時になっても起きてこなかった。兄は既読という機能があるLINEが嫌で使っていないため、メールを送った。返事がないのでまだ寝ているのか、それとも私が旅に出ようが興味がないのか。多分両方だ。

もし私が旅ではなく家出をしたのだと知ったら、ふたりはどう思うだろうか。どうせすぐに帰ってくると思われるのか、そもそも気にも留めないのか。

考えれば考えるほど癇に障るので、もうやめよう。

学校が夏休みに入ったこともあり、新幹線はそれなりに混んでいた。賑わう家族連れの楽しげな声が、子供の頃の記憶を呼び起こす。夏休みの旅行は、子供にとって最高にワクワクする瞬間だ。かつて私も兄も、そうだった。

日差しを遮るために日よけを下げ、私はバッグをお腹の前で抱えながら目を瞑った。移動中に駅弁を食べようと思って購入したのだけど、結局食べずにほとんどの時間を寝て過ごした。

盛岡で新幹線を降り、乗り換えて約二時間半。東京からトータル五時間半かけて目的地に到着した。長旅で腰が若干痛んだけど、そういえば私が小学三年生の時だったか、車で行った時はもの凄い渋滞に巻き込まれて、到着まで十二時間もかかったことがある。父は相当疲れて大変だったらしいが、私と兄は車中泊や渋滞ですら冒険の一部のようで、とても楽しかったのを覚えている。

私が大人になったからではなく、家族四人揃うことが叶わない今、もう二度と心が弾むようなあの感覚を体験できないのだと思うと、胸の中が切なさでいっぱいになってしまう。

電車を降りて小さな駅を出ると、夏らしい眩い日差しが出迎えてくれた。東京のような重苦しいじめっとした暑さではなく、空気は澄んでいるのでカラッとしていて気持ちがいい。

私は空を仰ぎ、大きく息を吸い込んだ。

「着いた〜！」

ここは秋田県鹿角市、母が生まれ育った場所だ。

鹿角花輪駅を背にして懐かしい空気に触れると、早速涙が出そうになった。けれど感傷に浸るよりも先に、お腹が音を鳴らした。時刻は十四時半を過ぎている。

駅から徒歩一分、道路を挟んで向かい側にあるホテルを予約していたので、早速向かってチェックインを済ませた。鹿角花輪駅周辺には宿泊施設が少ないけど、このホテルは外観も内装も清潔感があって綺麗な割に、値段が朝食付きで一泊五千円と良心的で、まるで私の家出を快く出迎えてくれているようだ。

　案内された部屋は六畳の和室で、ひとりで泊まるのにはちょうどいい広さだった。バストイレは部屋にないけど、テレビや冷蔵庫や空気清浄機、アメニティーもひと通り揃っているのでじゅうぶん。朝食も付いていて六泊しても三万円ちょっとで泊まれるのだから、家出中の私には贅沢なくらいだ。

「本日はお越しくださいまして、誠にありがとうございます」

　淡黄色の上品な着物を着た中年の女性がやって来て挨拶をしてくれた。先ほど荷物を運んでくれた人は紺色の着物を着た仲居さんだったので、この人は多分女将だろう。

「こちらこそ、お世話になります」

　私が頭を下げると、女将は膝をついたまま前に出た。

「冷たいお茶と温かいお茶、どちらにいたしますか？」

「あ、じゃあ温かいのを」

「かしこまりました」

　女将がお茶の準備をしている間、私はパンフレットを手に取った。共同のお風呂は小さいけれどリニューアルしたばかりで綺麗だし、なんといっても朝食は私の好きな和洋食のバイキングなので、かなりテンションが上がる。

「東京からだとお疲れでしょう？」

「いえ、大丈夫です」

「お仕事か何かで鹿角においでになられたんですか？」

そうか、若い女がひとりで、しかも六泊もするとなれば仕事だと思うほうが自然だ。

「私はまだ学生なので、夏休みを利用したひとり旅です。鹿角市は母の生まれ故郷なので」

素直に家出だと言うわけにもいかないので、無難な返答をした。でも母の故郷というのは真実だ。

「あら、お母様の。それじゃあこちらへは何度も？」

「はい。子供の頃から数えきれないくらい。五年前に祖母が亡くなってからは一度も来ていなかったので、なんだか懐かしいです」

「そうだったんですね。お客様の旅が素敵な思い出になるように、当館女将としてお世話させていただきますので、何か御座いましたら遠慮なく仰（おっしゃ）ってください」

「ご丁寧にありがとうございます。こちらこそ、お世話になります」

上品な女将が笑顔で対応してくれて、心が早速温かくなった。あのまま家にいたら、女将の優しい話し方に触れることも、こんなにも美味しい空気に触れることもなかったのだと思うと、それだけで私の家出は成功だと言える。

女将が部屋を出たので、とりあえず先ほどから騒がしい腹の虫をどうにかしようと、私は新幹線に乗る前に買ったお弁当をテーブルに出し、女将が入れてくれた緑茶と共に食べた。移動で疲れた体も、女将の優しさとこの温かいお茶があれば吹き飛ぶ。

「さて、どうするかな。なんせ一週間もあるわけだし」

静まり返った部屋の中で、小さな独り言だけが宙を舞う。会話する相手がいないというのはやっぱり少し寂しいけど、その分気は楽だ。

「よし」

遠路はるばるここまで来たのだから、まずは外に出ようと立ち上がった。

長旅で微妙に乱れたセミロングの髪をひとつに結び直し、小さいバッグを肩から下げて部屋を出た。鍵をフロントに預け、「行ってらっしゃいませ」という声に見送られてホテルをあとにする。

「どうしようかな」

今は亡き祖父母の家に行きたいのだけど、なんせ最後に行ったのが五年前なので記憶が曖昧だ。というより、いつもは家族四人、車で行くことがほとんどだったので、実は駅からどう行くのか分からない。父に電話をして聞くこともできるが、家出中の身なので、こちらから連絡をするのは避けたい。あれだけ忘れ物がないか確認をしてきたというのに、住所もメモしてくればよかったと早速少しだけ悔やんだ。

住所が分からないとしても動かなければ何もはじまらないので、とりあえずタクシーに乗るという選択をした私は駅前に戻った。そして、三台並んでいる先頭のタクシーの横に立つと、ドアが開いた。

「すみません」

後部座席に乗り込むと、運転手さんが振り返った。父と同じくらいの年齢に見える、優しそうな中年の男性だ。

「えっと……行きたいところがあるんですが……」

タクシーに乗った時点で分かりきっているあたり前なことを、つい口走ってしまったけど、運転手さんは「はい。どこでも行きたいところを言ってください」と笑顔を見せてくれた。

「実はあの、昔よく遊びに行っていた祖父母の家に行きたいんですが、どこだか分からなくて。なんとなくは覚えているんですけど、なんて説明したらいいか……」

その程度の情報では運転手さんを困らせるだけだと承知の上だけど、これ以上言いようがないのだ。

「近くに何があったとか覚えてますか？　それが分かれば、もしかしたらヒントになるかもしれませんし」

それでも運転手さんは嫌な顔ひとつせず聞いてくれた。ひとりで遠方へ来るのは初めてだったので内心とても緊張していたのだけど、運転手さんの柔らかい対応に少し心が軽くなる。

「近く……あ、喫茶店がありました。最後に行ったのが五年前なので今もあるかは分からないんですが、喫茶十和田っていう名前のお店です」

すると運転手さんは「あぁ」と言って頷いた。どうやら通じたらしい。

「喫茶十和田ね。今もありますよ。ここから三分くらいだから」

「本当ですか⁉　よかった。ありがとうございます、お願いします」

運転手さんが前を向き直して車を発進させると、ひと安心した私はようやく後部座席の背もたれに寄りかかった。

三分ということは、思っていた以上に駅から近かったんだな。徒歩だと二十分くらいだろうか。

窓の外を眺めていると、見覚えのない大きなスーパーが目に入って少し窓のほうに顔を近づけた。この辺りも歩いたことはあるはずだけど、記憶にない建物が姿を現すたびに、どこか不思議な気持ちになった。五年という歳月は、思っている以上に長いのかもしれない。

外の景色は徐々に緑がより多く目に映るようになり、民家の数も減っていく。そしてあっという間に三分が経ち、ハザードランプを点滅させながらタクシーが停止した。

「ここで大丈夫ですか？」

フロントガラスの先に喫茶十和田の看板が見えただけで、胸が詰まる。

「はい、ここです！　ありがとうございます！」

感謝の気持ちを込め、高ぶる感情と共に少し裏返った声でお礼を言い、お金を払ってタクシーを降りた。

毎年父のお盆休みに合わせて祖父母に会いに来ていたのだけど、この喫茶十和田ができた時のことはよく覚えている。私が小学四年生の時、母と買い物に出かけた際にこの喫茶店を見つけた。母も喫茶店ができたのを知らなかったらしく、あまり感情を表に出すことのない母が『花輪初の喫茶店だ！』と嬉しそうに声を上げていた。東京にいれば喫茶店なんてどこにでもあるけど、この田舎町では相当珍しかったのだろう。それから毎年帰省した際、喫茶十和田に寄るのが私と母の楽しみのひとつでもあった。

あれから十年経ったはずなのに壁は不自然なほど白いので、きっと塗り直したんだ。

緊張しながら二階建ての小さな喫茶店のドアを開けると、珈琲のいい香りが迎えてくれた。

「いらっしゃいませ」

奥行きはあるけど、相変わらず狭い。一階は珈琲や洋菓子の販売をしていて、二階が喫茶店スペースとなっている。

「上、空いてますか？」

「はい、どうぞ」

店員さんに言われ、階段を上がった。

「いらっしゃいませ、お好きな席へどうぞ」

二階にはまた別の店員さんがひとりいた。窓際は五人座れるカウンター席になっていて、反対側の壁沿いにはふたり掛けの席が三つ並んでいる。カウンターの手前にひとり中年の女性が座っていたので、私はカウンターの奥に腰を下ろし、メニューを開いた。

「アイスカフェラテお願いします」

ついさっきお弁当を食べたばかりなので、食事をいただくのはまた後日のお楽しみにとっておこう。

注文したアイスカフェラテが届くと、それを飲んでひと息ついた。窓から見えるのは、山と田んぼと道路を挟んで反対側にある古い民家のみ。人もほとんど歩いておらず、コンクリートの道路さえなければ昔話に出てくる光景のようだ。

「ふぅ……」

のどかだな……。時間が止まってるみたい。

最後に母とここに来た時は、何を話したっけ。考えてみたけど、母との会話なんて一日で数えきれないほどしていたのだから、全てを覚えていられるはずがない。だけどこうなることが分かっていたら、私は母と交わした言葉の全てを録音していただろう。

母はきっと、「そんなことしなくていい」と笑うかもしれない。だけど私にとっては、ひとつひとつの何気ない言葉でさえ、とても大切なものだったのだ。母が生きていた頃はあたり前にあった声も、失ってから気づくことがあまりにも多すぎる。

切なく締めつけられる苦しさを解すようにストローをくるくると回し、ノンシュガーのカフェラテを飲み干した。

喫茶十和田があれば、祖父母の家は分かる。席を立った私は一階で会計をして喫茶店を出た。ゆっくりしたい気持ちはあるけど、もうすぐ十六時になってしまうので、あまりのんびりもしていられない。

「行くか」

喫茶十和田の前の一本道をさらに進む。見える景色は大きな民家と田んぼの繰り返しだけど飽きることはなく、懐かしさにただひたすら胸が躍る。

しばらく真っ直ぐ進むと、目印にしている赤い屋根の民家が五年前と変わらず右側に見えたので、そこを曲がって車がギリギリすれ違えるくらいの狭い道に入った。

用水路に沿って歩くこと二分で左にコンビニが見え、反対側に大きな一軒家と広い車庫がある。私はそこで、一度足を止めた。

「懐かしいな……」

そう呟きながら徐に進み、一軒家に沿って脇道に入った。五年前まで袋小路だったそこには、祖父母の家があった。けれど今はただの道路になってしまっている。

祖父は早くに亡くなり祖母も五年前に七十歳で他界したのだけど、ちょうどその頃道路を広げるという話があったらしく、母は自分の実家を取り壊す決心をした。

『育った家がなくなるのは悲しいけど、誰もいないのにこのままにはしておけないからね』

とても寂しそうに話していたけど、母はこうも言っていた。

『実家はなくなるけど、お母さんにはあんた達といるこの家があるから大丈夫』

母は、実家を取り壊すことを本当に納得していたのだろうか。誰も住んでいないから壊すしかないと言ったけど、壊さずに母だけでも自分が育ったこの場所に戻って暮らしていたら、何かが違っていたんじゃないか。そうすれば母に訪れる運命にも変化があり、死なずに済んだのではないか……。

今さらどうすることもできないのに、「こうしていれば」「ああだったら」といううしろ向きな考えばかり浮かぶなか、私は見慣れた灰色のアスファルトをぼんやりと見つめた。

付近の様子はあまり変わっていないけど、祖父母の家が道路になってしまったというだけで、そこはもう私の知らない場所だ。分かってはいたけど、実際こうして目にしてしまうと、もうあの頃の思い出は二度と戻ってこないのだなと痛感した。

元祖父母の家、そして母が育った家のあった場所をあとにした私は、ふらふらと散歩をはじめた。あまり遠くに行くと帰るのに苦労しそうなので、きちんと戻れる範囲で散策しようと思うのだけど、それでもやはりどこか心細い。ひとりが嫌だというわけではないけど、会話ができないという状態は思った以上に孤独感を増す。

二十年近く生きてきて初めて分かったことだけど、私はラーメンはひとりで食べられるし、映画もひとりで見られる。ひとりカラオケも多分平気だし焼肉はギリ大丈夫なのだけど、話し相手のいないひとり旅はあまり向いていない。まぁ、これは家出なのでひとりが寂しいとかは言っていられないか。

自分の足音が物寂しく響く中、太陽が傾き、青かったはずの空が徐々に色を変えはじめた。

もうすぐ十七時。私がいない間、ちゃんと洗濯してくれるかな。父と兄は喧嘩をしないだろうか。翔太は夏休み中バイトをたくさん入れていたけど、朝が苦手だからちゃんと起きられるかどうか……。

余計な心配ばかり頭に浮かべながら、しばらく川沿いの道を歩いた。ふと目線を上げると、川の上を通過させるのか、工事中の高速道路が見える。

同じような光景が続くだけなので、この先はきっともう何もなさそうだ。そう思って引き返そうと思った刹那(せつな)、うしろから不意に吹きつけてきた突風にあおられ、その反動で右足が一歩前に出た。

ビックリした……。

風にのって前に流れたスカートが元の位置に戻ると、私は呆然(ぼうぜん)としながら顔を上げた。するとまたひとつ、子供の頃の記憶がふと蘇(よみがえ)ってきた。同じような浅瀬の河原で、兄と一緒に昔よく遊んだことを。母が見守る中、兄とふたりで川に向かって小さな石を投げたり、石をどちらが高く積み上げられるか競争したり。東京ではなかなかできない川遊びを何度も楽しんだけど、成長するにつれていつの間にか河原で遊ぶことに興味がなくなっていった。最後に遊んだのがいつだったかは、覚えていない。

ちょっとだけ川に行ってからホテルに帰ろう。

水面(みなも)に浮かぶ夕日が川の流れによって光の角度を変え、キラキラと輝いて見えた。子供の頃は、川が綺麗だなんて思ったことはなかった。というか、東京にいる時は川がどうとか考えることさえなかったのに。

「癒(いや)されるなぁ……」

なんでだろう。何もないのに、ただ優しい川のせせらぎが聞こえるだけなのに、涙が出そうになる。母の葬儀でも泣かなかった私を泣かせようとするなんて、名前も分からない秋田の川は恐るべきパワーを秘めているな。

　熱くなった目頭を押さえた時、ポチャンと水に何かが飛び込むような音が聞こえた。音の鳴ったほうへ視線を向けると、川に石を投げて遊んでいる女の子がいた。辺りを見回したけど、保護者らしき人は見当たらない。近所に住んでいる子だろうか。

　私はゴツゴツと歩きにくい砂利道を進み、女の子の側へ行く。

「何してるの？」

　私が声をかけると、水色のTシャツに短パン姿の髪の長い女の子はビクッと肩を震わせ、持っていた石を手からポロッと落とした。

「あ、ごめんね、驚かせるつもりはなかったんだけど」

　怪しい人かどうか見極めるかのように、女の子は大きな目で私を凝視している。

「遊んでるの？」

「うん。いつも勉強終わったらここで遊んでるよ！」

　目線を合わせやすいようにその場にしゃがみ、女の子を見上げながら丸みのある優しい語り口で問いかけると、女の子は声高に返事をした。

「そうなんだ。川で遊ぶの楽しいもんね」

だけど子供がひとりで、というのは少し危険だ。割と自由にさせてくれた私の親でさえ、川に行く時は必ずついて来ていた。

「ひとり？　お母さんは？」

「お母さんはお仕事。わたし三年生だもん、小さい子じゃないんだからひとりで来られるよ」

「そ、そっか、そうだよね」

私から見ればこの子もじゅうぶん小さい子だけど、本人にとっては違うのかもしれない。私も小学校高学年くらいの時、自分は子供ではなくお姉さんなんだと思っていたし、小さい子供のように扱われるのは不満だった覚えがある。

「あのさ、お姉さん誰？」

「あっ、えっとね、初めまして、お姉さんは田村智子っていいます」

「何歳？」

「十九歳。あなたのお名前も聞いていい？」

「うん、いいよ。森嶋(もりしま)です。みんなからはよっちゃんて呼ばれてるの。お姉さんは友達からなんて呼ばれてる？」

「私？　ん～、普通に智子とか智ちゃんかな」

「わたしも、ともちゃんって呼んでいい？」

「もちろん。じゃー私もよっちゃんって呼ぶね」

「いいよ。ともちゃんはどこに住んでるの？　花輪？」

「ううん、お姉さんは東京から旅行に来てるんだよ」

「東京⁉」

女の子は声をひっくり返しながら、飛び出しそうなほどに目を見開いた。

「いいな～！　東京って楽しいところたくさんあるんでしょ？　公園も大きい？遊園地もたくさんある？」

「ん～、大きい公園も小さい公園もあるし遊園地もあるけど、毎日行けるわけじゃないからね。私はここみたいに静かで自然がたくさんあるところのほうが好きだな」

「でもなんにもないよ。川で遊ぶのも飽きちゃったし」

私が田舎町に憧れるのは、たまにしか行かないからだ。私がよっちゃんの立場なら何もなくてつまらないと思うだろうし、きっと東京に憧れを抱いて大学進学と同時に上京するだろう。

「毎日同じところじゃ飽きちゃうよね。でも今は夏休みでしょ？　家族でどこか行ったりするの？」

よっちゃんは考えることなく、長い髪を左右に揺らしながら首を振った。

「お母さん毎日忙しいから。でも午前中は友達と公園で遊んで、伯母さんの家でお昼食べて宿題やったりしてるよ」

ご両親はきっと仕事で忙しいから、よっちゃんはこうして一人で川に来て遊んでいるのかなと思った。私の両親も共働きだったから、母が帰ってくるのはいつも十八時過ぎで、あまり家にはいなかった。だからこそ、お盆休みに家族そろって秋田へ行くのが楽しみで仕方がなかったのだ。

「そっか。それなら寂しくない？」

「うん、平気！」

きちんとした受け答えをするし、小学三年生にしては随分しっかりしている。

「あっ！　見て、これ平べったーい！　おせんべいかな？」

少し目尻の下がった大きな目を私に向け、よっちゃんは拾い上げた石を私に見せてくれた。

「ほんとだ、凄いね。じゃーこれはどう？」

「わ〜、おにぎり！」

　私が見つけた丸みのある三角形の石を渡すと、よっちゃんは嬉しそうに目を輝かせた。

　二人でその場にしゃがみ、夢中になって石を探して遊んでいると、気がついた時には夕日はもうすぐ山の向こうに沈もうとしていた。道中には街灯も少なかったので、この辺りはきっとあれよあれよという間に暗くなってしまう。

「ねぇ、そろそろ帰らない？　暗くなっちゃうから危ないよ？」

　私が言うと、よっちゃんは立ち上がって空をふっと見上げた。

「ともちゃん、今何時か分かる？」

「うん。今はね、五時四十五分だよ。私ももう行くから、よっちゃんも帰ろうよ」

「東京に帰っちゃうの？」

　よっちゃんは、少し寂しそうに近くの小石をコツンと蹴飛ばした。

「ううん、今日来たばっかりだから、帰るのは六日後だよ」

「じゃーまた遊べる？」

「もちろん」

　こぼれるような笑顔で「やったー！」と飛び跳ねたよっちゃん。遊んだ時間はとても短かったのに、ここまで喜んでくれると私も心嬉しくなる。

さっきは平気だと言っていたけど、仕事で忙しい親を気遣っているだけで、本当は寂しさもあるのかもしれない。

「送って行くから一緒に帰ろう」

「大丈夫！　伯母さんの家はすぐそこだから」

「でも、私も……」

ホテルに帰るから一緒に、と言おうとしたら、よっちゃんは突然勢いよく走り出した。思い立ったら即行動。それが子供なのだろうけど、さすがに心配なので追いかけようと私も急いだ。でも、大小さまざまな石に足を取られ、上手く走れない。運動は得意なほうなのに最近はあまり動いていなかったからか、なかなかのどんくささだ。そのせいで、ぴょんぴょん跳ねるように進むよっちゃんとの距離が、みるみる離れていく。

「よっちゃん！」

私が声を上げると、よっちゃんは振り返って手を大きく振った。

「またね、ともちゃん！」

「あ、うん！　またね！　気をつけて！」

本当は送ってあげたかったけど、どう頑張っても追いつけそうにないし、止まってくれそうにもない。できるだけ急いで砂利道を抜け出したのだが、よっちゃんが去って行った方向を見渡しても、すでに姿は消えていた。伯母さんの家は、本当に目と鼻の先だったのかもしれない。

柔らかな夕日を横目に、私はホテルへ向かって歩き出した。疲れが足にきていたので、途中何度も立ち止まってはタクシーを呼ぼうか迷ったけど、歩いて行けない距離ではないので節約のために結局踏みとどまった。

夕焼けが最後の力を振り絞り、空の色が闇に包まれるまであと少しというところで、ようやくホテルに到着した。駅周辺は街灯によって明るさを保っていたけど、遠くの山々はすでに暗闇との境目をなくしている。

「疲れた……」

東京からの移動時間の疲れや家出をしているという緊張感が、部屋に戻った途端一気に押し寄せてきた。ドサッと腰を下ろし、力のなくなったふくらはぎを摩る。

無意識のうちに気を張っていたせいで確かに疲れたけど、家出初日はなかなかいい一日だったのではないだろうか。祖父母の家の跡地を見て少し感傷的にはなったけど、懐かしの喫茶店にも入れたし、何より新しい小さな友達、よっちゃんにも出会えた。思えば旅先で友達ができるなんて、初めての経験かもしれない。屈託のないよっちゃんの笑顔を思い出すと、鬱屈した心情に温かい光や風が入ったような気持ちになる。

とにかく今日は、疲れた体と心をお風呂でよく揉みほぐし、明日に備えよう。明日はいよいよ、大好きなあの場所へ行くのだから。

*

翌朝は、七時に目を覚ました。布団を綺麗にたたんでカーテンを開けると、快晴に恵まれた空から朝日が差し込み、ホコリをくっきりと浮かび上がらせる。窓を開けると、まだ暖められてない爽やかな軽風が頬を撫でた。

寝起きで少し腫れぼったい顔を起こすように洗面台で顔を洗い、歯を磨いてから髪の毛を櫛でとかした。自分の顔を鏡でじっくり見ていると、二重の垂れた目も少し丸い鼻も、母によく似ているなと改めて思う。うちの家族はみんな同じような顔をしているのだけど、小さい頃から『お母さんにそっくり』と言われることが私は好きだった。

できればもう少し鼻が高ければよかったのに、と思いながら化粧は後回しにして、Tシャツとパンツという動きやすい服装に着替えを済ませた私は、部屋を出て朝食のバイキングをいただくためホテルの食堂へ向かった。

「田村様、おはようございます」

仲居さんに案内され、宴会もできるという広い食堂の窓際の席に座った。他にも家族連れなどの客が何組かいる。

「朝食は十時までとなっております。お好きな物をお召し上がりくださいませ」

「はい、ありがとうございます」

気合を入れて立ち上がり、お盆にお皿を二枚のせた。玉子焼きと小さな鮭の切り身、温泉卵にほうれん草のお浸し、お漬物。みそ汁にご飯は大盛りにした。飲み物は麦茶を入れ、席に座る。まずは和食から。

「いただきます」

おひとり様で朝食をモリモリ食べている若い女が周りからどう映っているのかなんて、そんなことはどうでもよくなるくらい、私は夢中で朝食を食べた。

和食の後は、クロワッサンやロールパンなどの洋食も綺麗に完食した。誰かに作ってもらう食事というのがどれだけ美味しく、そしてありがたいものなのかを知ったのは、毎日自分で作るようになってからだ。

最高に贅沢な朝食を食べ終えた私は、従業員の方々に「ご馳走さまでした」と告げ、食堂をあとにした。そして部屋に戻り、少し休憩をしてから化粧をはじめる。

家出二日目の今日は、尾去沢鉱山跡に行くと決めている。尾去沢鉱山とは日本最大級の鉱山跡で、江戸時代から近代までの鉱山の様子が見学できる場所だ。

子供の頃、初めて行った時は探検みたいでただ楽しいという印象しかなかったのだけど、年に一度必ず親に連れて行ってもらうようになり、鉱山の歴史などに触れるうちに好きになった。けれど、それも最後に行ったのは六年前なので、随分久しぶりだ。

軽い化粧を終えて出発しようと立ち上がった時、スマホが鳴った。兄からのメールだ。一日経ってようやく私が送ったメールに気づき、お土産の要求でもされるのかと思ったが……。

【洗剤どこ？】

家出中の妹に聞くなと言いたいが、日用品を買っているのは私だし、そもそも家出だとは伝えていないので、仕方なく返信をした。

【洗面台の下に入ってるでしょ】

【ないけど】

【じゃー買ってきなよ】

【俺が？】

「…………」

　呆れて言葉が出ない。

【いや、あたり前でしょ。お兄ちゃんとメールしてんだから】

ないなら買ってくる。そんな簡単なことをなぜ確認しないとできないのか、私には理解できなかった。

【ストックないの？　面倒くさいな。買ってもいいけど、金は？】

　腹の中で膨らんだ怒りや苛立ちを、大声と共に外へぶちまけたい気持ちに駆られた私は、窓を開けてとにかく一度大きく深呼吸をする。大丈夫。幸いなことに私は今東京を離れているから、兄と顔を合わせることは絶対にない。田舎の美味しい空気を吸い、まずは心を落ち着かせよう。

　だけど、一度溜（た）まった怒りはぐるぐると腹の底を渦巻いて、なかなか消えてくれない。恐らく兄は何も考えずに思うがまま送っただけなのだろうけど、言われたほうがなぜ一方的にこんなにも不快な思いをさせられなければならないのだ。

【あのさ、その初めてのおつかいみたいな発言はなんなの⁉　お金？　それくらいの立て替えなんてことないでしょ！　詰め替えの洗剤なら五百円玉持って行けば買えるよ！　ていうか、そもそもなんで私が買うのがあたり前みたいになってるわけ？　お兄ちゃんもお父さんも買わないから、仕方なく私が日用品があとどれくらいかなっていつも気にして、少なくなったら買いに行って、ついでに家の支払い関係も全部私がやってるの！　お金の心配するくらいなら、どうして急にバイト辞めたりするのよ！　辞めてからもずっと家にいるだけだし、これからどうするの？もう私は知らないから、勝手にしてよ！】

我慢できなかった思いや不満をメールで送ったあとに、もっとあれもこれも言いたいことがあったのを思い出した。でもこれ以上怒りの感情を表に出してもしんどい思いをするのは私だけなので、なんとか耐えた。このメールを見ても、きっと兄は「うるさい、長い」くらいにしか思わないかもしれない。母が生きていた頃は、ここまで相手の気持ちを汲まない人ではなかったのに。

少し頭に血が上りすぎた私は、両手で自分の頬を引っ張った。せっかく秋田まで来たのに、いつまでもむしゃくしゃしていたらもったいない。

「よし、行こう」

部屋の鍵を閉めてホテルを後にした私は、タクシーに乗るため駅へ向かった。今朝はリュックを背負った家族や観光客であろう人達が、駅前にちらほら見受けられる。

タクシーに乗り、今度はきちんと運転手さんに行先を伝えて走り出すと、僅か十五分ほどで目的地に到着した。

「えっ、こんなに凄かったたっけ？」

何度も来ているはずなのに、毎回新鮮な気持ちでここまで興奮できる場所もなかなかない。

大きな煙突や採掘した鉱石の分離作業などをした選鉱場跡を外からしばらく眺めて楽しんだあと、いよいよ坑道見学コースへ向かう。毎度のことだけど、トンネルの入り口に立った瞬間に胸が躍る。私はいそいそと腰に巻いていたパーカーを羽織った。今は夏だけど坑道内は気温が十度前後しかないので、半袖では寒くてとても歩けないからだ。中に入ると感じるひんやりとした空気でさえ、私にはとても懐かしい。

坑道では当時の採掘の様子をマネキンなどを使って分かりやすく再現しており、時折解説の音声も流れてくる。私はひとつひとつ丁寧に見ながら歩いた。たくさんの鉱石を運んだであろうトロッコや地上に運ぶエレベーターなど、写真を撮りながらゆっくりと近代坑道を進んでいると、私を追い越した小学校低学年くらいの女の子がはしゃぎながらマネキンを指差した。

「見て！　あの人形の顔うける！」

ケラケラと笑う声が坑道内に響くと、少し遅れて今度は男の子がやって来た。

「ひとりで先に行くなよ」

「だってみんな遅いんだもん」

男の子のほうが少しだけ大きいので、きっと兄妹だ。うしろから両親らしき人もついてきているが、両親は子供達よりも展示を興味深く見ている。

「広いんだから、勝手に行ったら迷子になるぞ！」

「ならないよ！　迷路じゃないんだから」

「だけどさ……」

兄の心配をよそに、妹は再び坑道をぐんぐんと進み出す。

「お兄ちゃん早くこっち来て！　これ、すごいよ！」

「もー、お母さん！　ひなが勝手に行っちゃう」

うしろの両親に向かって呆れたようにそう訴えながら、兄は妹の背中を追いかけていた。文句を言いながらも、妹のことが心配なのだろう。自由奔放な妹に振り回される兄の姿を見ていたら、胸の中がぐらぐらと揺れるのを感じた。

小学生の頃、年に一度だったけど、私は家族と何度もこの場所を歩いた。兄は大きな声を出したりはしなかったが、ひとりではしゃいで勝手に進んで自分の興味のある展示には足を止めたり、興味のない物はスルーして好き勝手に歩いていた。私はそんなふうにひとりで自由に歩く兄が羨ましくて、兄と同じようになりたくて必死にうしろを追いかけた。子供ながらも、母が私よりも兄を気にかけていることを、無意識に感じ取っていたからなのかもしれない。

〝愛せていただろうか〟

そんなはずはないと信じているけど、あれは私に対する言葉だったのだろうか。

いや、たくさんの愛情を私達に注いでくれた母に限ってそれはない。愛せていたかどうかを確認しなくたって、母は私を大切にしてくれていた。だけど、私と兄との扱いに違いがあったのは否定できない事実だ……。

さっきの兄妹の兄は一見情けないように映るかもしれないけど、私は羨ましいと思った。文句を言いつつ妹を心配して追いかける姿は、私にはとても優しくてかっこいい兄に見えたから。

一・七キロの坑道を約五十分かけて回り切ったが、昔のことを思い返してばかりだったからか、後半はあまり集中できなかった。

外に出た私は、事前に調べていた売店でハンバーガーを買った。五十分も歩いたからか、朝食はしっかり食べたはずなのに、お腹が空いてしまったのだ。

ハンバーガーを食べながらふと視線を上げると、先ほどの兄妹もハンバーガーをふたりで交互に食べていた。兄と交換しながらハンバーガーを食べるなんて、私には絶対にできない。百歩譲って私はできたとしても、食べ物に関して潔癖症気味な兄の場合は一万歩譲っても無理だろう。あの子達と私達では、同じ兄妹でも全然違う。

「美味しかった」

満腹になった私は、最後にお土産を買ってから尾去沢をあとにした。家出なのにお土産を買うというのも変だけど……。

タクシーでホテルに戻った私は、少しだけ休もうと畳の上で横になった。

よく、死んだ人は天国から見守っていると言うけど、あれは本当なのだろうか。

本当に見ているとしたら、母はひとりで花輪に来た私のことをどう思っているのかな。多分、母なら喜んでくれているに違いないけど、「お墓参り行きなさいよ」と言っているかもしれない。元々そのつもりだったけど、いつ行こうか……。なにしろまだ二日目だし、このあとは……。

窓から時折吹く暖かなそよ風に誘われるように、私はゆっくりと瞼（まぶた）を閉じた。

目を覚ましたのは、ＬＩＮＥの着信音が鳴った時だった。いつの間にかずいぶんと寝てしまったらしい。

「寝すぎたかも。何時だろ」

大きくあくびをしたあとスマホで時間を確認すると、十五時を回っていることに驚き、飛び起きた。

「もうこんな時間？　そうだ、よっちゃん！」

『またね』と言っていたよっちゃんがもし今日もあの河原に来るとしたら、私が行かなければひとりで待つことにもなりかねない。明日も会おうと約束したわけではないけど、一度確認しに行かなければどうにも落ち着かない。今は十五時なので、三十分もあれば着くはずだ。

【今から川で遊んでくる】

さっき食べたハンバーガーの画像と共に、翔太にＬＩＮＥを送ってからホテルを出た。

昨日は喫茶十和田から祖父母の家を経由して川沿いの道を行ったけど、今日はスマホで検索した一番近い道をひたすら真っ直ぐ進む。途中、川で遊ぶ子供たちの楽しげな声が聞こえたけど、よっちゃんと出会った場所まではまだもう少し先だ。

左には、東京では見ることのできない美しく澄んだ川、右には田んぼと民家、視線を上げれば緑豊かな山が連なっている田舎の風景。母も、この道を歩いたりしたのだろうか。そんなことを思いながら川のほうに視線を向けると、昨日と同じように、川に向かって石を投げているよっちゃんの姿が目に入った。

「よっちゃん！」

私の声に反応して、よっちゃんがくるりと振り返った。

「あ～！　ともちゃん！」

よっちゃんは、嬉しそうに微笑みながら手を振ってくれた。やっぱり来てよかったと安堵しながら急いで駆け寄ると、よっちゃんの額が汗できらりと光った。

「もしかして、私のこと待ってた？」

「うん。来るか分からなかったけど、ともちゃんが来た時にわたしがいなかったら悪いなって思ったから」

なるほど。お互いに同じことを思って行動したというわけだ。

「そっか。遅くなっちゃってごめんね」

「平気だよ。わたしもさっき勉強終わって来たばっかりだから」

まるで付き合いたての恋人のような会話を交わした私達。

今日は、石でお城を作りたいというよっちゃんのリクエストに応えることにした。

何気ない会話をしながら、まずは大きい石を探して土台を並べていく。

「よっちゃんは、兄妹いるの？」

「いないよ。ともちゃんは？」

「私はね、兄、お兄ちゃんがひとり」

「へぇ、いいなぁ。わたしもお兄ちゃんほしかった」

「全然よくないよ……あ、えっとね、私はお兄ちゃんと喧嘩ばっかりだから」

石を積みながら、子供相手についい本音が出てしまった。近くにいないというのに、どうも今日は朝から兄に感情を振り回されている。

「ともちゃん、大丈夫？」

「ん？　何が？」

「なんかあったの？」

　よっちゃんは、とても九歳とは思えない憂わしげな表情で私を見上げた。ほんの一瞬だけピタリと時が止まったように感じて、さらさらと優しい川のせせらぎだけが聞こえた。

「う、ううん、何もないよ。ごめんね、心配させちゃって」

　そんなつもりは全くなかったのだけど、子供に気を遣わせてしまうほど私は浮かない顔をしていたのだろうか。そう思いながらも、また自然と眉根を寄せていた。

「わたしね、学級委員なの。みんなをまとめたりするのが好きだから」

「そうなんだ。よっちゃんしっかりしてるし、なんか分かる気がする」

　そういう私も、子供の頃よく班長に立候補していたのを思い出した。学級委員とまではいかないけど、遠足や移動教室のリーダーにも何度かなったことがある。

「だからね、ともちゃんの悩みも聞いてあげるよ」

「えっ？」

「お兄ちゃんと、喧嘩でもしたの？」

「いや、そういうんじゃないけど……」

否定したものの、喧嘩をしたわけではないけど怒っているのは事実だった。今はもう、兄に対しては不満しかない。頼りないのに口は達者で屁理屈ばかり、いざという時に何もしてくれないのに、どうでもいい時や自分にとってメリットになることだけには口を出してくる。こうして不満を並べてみると、どう考えても兄としては欠点ばかりだ。

「私のお兄ちゃんはね、なんていうか、お兄ちゃんじゃないみたいなんだ」

「どういう意味？」

こんなことを子供に話していいのか分からなかったけど、よっちゃんは首を傾げながら私の言葉を待っている。

「お兄ちゃんってさ、普通はかっこよくて頼りになって、いざという時に妹を助けてくれる人っていうイメージない？」

「うん、ある」

「だけどね、私のお兄ちゃんは全然違うんだ。だから……」

だから……、なんなのだろう。続きが浮かばなくて、私は言い淀んでしまった。

「ともちゃんは、お兄ちゃんのこと嫌いなの？」

嫌いかといわれたら、それは多分違う。かといって、好きというわけでも仲がいいわけでもない。でも、嫌いではないということだけは確かだ。

「嫌いじゃないよ」

いっそ嫌いだと言えたら楽なのだろう。そうすれば、兄が頼りなかろうが無職の引きこもりだろうが、もうどうでもよくなる。

「嫌いじゃないいなら良かった。わたしにはお兄ちゃんはいないけど、いたら楽しいだろうなって思うもん」

楽しい……。子供の頃には、そう感じる時も当然あった。それこそ夏休みに家族で祖父母に会いに帰省した時は、遊び相手は兄しかいないわけだから毎日遊んでいた。トランプやゲームをしたり、家の前で庭の花や草を使って料理の真似事(まねごと)をしながらおままごとをしたり、他にもたくさん。どれもこれも楽しかった。

「うん、楽しかった思い出もたくさんあるよ。でも今はもう大きくなったから、一緒に遊ぶとかそういうのはないかな」

「そっか、大きくなったら兄妹で遊んだりしないんだ」

想像と違っていたのか、よっちゃんは少し残念そうに視線を下げた。

「じゃーさ、ともちゃんのお兄ちゃんのいいところって、どこ？」

それは私にとって、なかなかの難題だ。優しくはないし、頼りにもならないし、かっこいいわけでもない。いいところを思い出そうとしても、なかなかスッと出てこなかった。

「わたしはね、もしお兄ちゃんができるとしたら、優しくて面白くて、寂しい時に笑わせてくれるお兄ちゃんがいいな」

私があまりにも悩みすぎて答えが返ってこないからか、待ちきれなくなったよっちゃんが代わりにそう言った。世の中にはそういう理想通りの兄というのも存在しているのだろうけど、よっちゃんはひとりっ子だから、余計にお兄ちゃんというものにいいイメージだけを抱いているのだろう。

「そうだね、優しくて面白かったら最高だよね」

喋（しゃべ）りながらもしっかり積んでいた石のお城は、いつの間にか四段目までできている。土台を大きな石で広く頑丈に作ったので、ちょっとやそっとでは崩れることはなさそうだ。

「ともちゃんのお兄ちゃんは優しくないの？」

「んー……優し……くはないかな」

特別意地悪というわけでもないけど、優しいということは絶対にない。

「じゃー面白くない？」

「面白……そうだな、面白い時はたまにあるかな」

そうだ、唯一いいところを言うとしたら、「面白い」が正解かもしれない。今はまともに会話をしないけど、昔の兄は明るくて面白いことを探すのが好きで、なんでもない街中の風景でさえ笑いに変えるような人だった。

「そっか、ともちゃんのお兄ちゃんのいいところは、面白いところなんだね。だったら寂しい時とか落ち込んだ時でも、お兄ちゃんが笑わせてくれるからいいね」

笑わせてくれる……。

屈託のないよっちゃんの笑顔を見ていたら、またひとつ昔の出来事が脳裏に浮かんできた。

私達が小学生だった頃の両親は、喧嘩が絶えなかった。

今の天然おとぼけお父さんからは想像できないけど、昔の父はいわゆる亭主関白タイプで、仕事と野球のことしか頭にない人だった。だから私は、父が苦手だった。飲んで帰って来た日なんて最悪で、機嫌がいい時はベラベラと同じことを何度も話してきて鬱陶しいし、機嫌が悪い時は理由なく怒ってくるのでもっとたちが悪かった。

母は強い人だったから、そんな父に怯(おび)えたり理不尽な理由で従うことは絶対になかった。そのため父の我儘（わがまま）や自分勝手な発言から衝突することが日常になっていた。

そして子供だった私が何より嫌だったのは、自分が布団に入ってから夜な夜なはじまる両親の喧嘩。聞こえていないと思っているのだろうけど丸聞こえだったその声は、お化けや怪物が襲ってくるよりもずっと怖かった。

その一方で、起きている時の喧嘩にそこまで嫌悪感を抱かなかったのは、兄がいたからだった。

毎度のごとく父の不機嫌スイッチが入りそうになった時、兄は必ずくだらないことを突然口走ったり、テレビを見ながら芸能人に突っ込んだり、普通ならバカだなと思われるようなことをあえて自らしていた。そうすると、私と母は堪えきれずに笑い、つられるように父も笑うのだ。さっきまで怒っていた父が『バカかお前は』と言いながら笑顔になった。怒ることもなく、喧嘩にもならない。

本人にそんなつもりはなかったのかもしれないけど、私はそうやっておどけてみせる兄に何度も助けられた。泣きたくなるくらい嫌いだった両親の喧嘩を、兄は笑いに変えてくれた。

「笑わせてくれるのは……いいかもね」

「うん、絶対いいよ！　ともちゃんのお兄ちゃんは、いいお兄ちゃんだよ」

いいかどうかは正直疑問だ。でも、普段は兄と思えないほど頼りなくてかっこ悪くて情けないし腹も立つけど、この時ばかりは、間違いなく頼れる兄に見えた。

「わたしもね、寂しい時は笑うようにしてるんだ。笑うとね、なんだか幸せな気持ちになるから」

人懐っこい笑顔でそう言いながら、五段目に石をのせたよっちゃんも、お母さんが仕事で忙しい時は孤独を感じることもあるのだろう。そう思うといたたまれない気持ちになるけど、寂しさを幸せな気持ちに変えるために笑っているよっちゃんはとても親思いで、私よりもずっとしっかりしている。

「そうだね。いつも笑っていられたらいいなって私も思うよ。だけど、兄にはもうちょっとしっかりしてほしいかな」

「ともちゃんは、お兄ちゃんのことが心配なんだね？」

「え？」

「だってそうでしょ？　心配じゃなかったら、そんなこと言わないもん」

よっちゃんの言葉を聞いた途端、心の中にずっと引っかかっていた小さなしこりがストンと落ちたような気がした。

こんなにもムカついているのに、なぜどうでもいいと思えないのか、どうして放ってておけないのか。それはきっと、心配だからだ。

母が死んでから、兄は明らかに変わった。性格が暗くなったし、部屋にこもることが多くなって、私や父に対して口を開けば喧嘩ばかり。そんな兄を二年間も見ていたから、いつか最悪な選択をしてしまうような気がして怖かったんだ。口ばかりでいつも何もしてくれないし頼りないし情けなくても、私の兄はひとりしかいない。死なれたら困るし、そんなことになったら今度こそ私は耐えられない。

「……ほんとだ。よっちゃんの言う通り、心配なのかも。でもなぁ、私は一応妹なわけだから、そろそろ兄らしくしてもらわないと、困るよ」

わざと冗談ぽく怒ったように頰を膨らませた私を見て、よっちゃんはクスクスと笑った。

「ともちゃんは優しいんだね」

「いやいや、そんなことはないよ」

私が周りの心配をするようになったのは母が亡くなってからで、それまではほとんど自分のことしか考えていなかった。そう思うと、長い間家族のことを考えてくれていた母は、本当に偉大だ。

「ねぇともちゃん、この石最後にのせていい？」

お城の一番上にのせる三角形の石を、私に見せてきた。

「うん、いいよ」

立ち上がったよっちゃんは手を伸ばし、表情を硬くしながら慎重に石をのせた。

「できた！」

石を積み重ねて作ったお城が一度も崩れることなく完成すると、よっちゃんは私を見て満足そうに微笑んだ。

全体が三角の形になるように大きな石から順に重ねていったけど、これでは城というよりもピラミッドだ。でもよっちゃんは手を叩いて喜んでいるし、とても上手にできたので大成功だろう。

「これ、明日もちゃんとあるかな？　崩れたら嫌だな～」

「そうだね、明日もあるといいね」

他の誰かの手によって崩されたり、突然台風がきたりしない限りしばらくはこのままだろうけど、いつか壊れてしまう日がくるのは確かだ。でも、子供の頃に川で兄と一緒に遊んだ時の思い出が私の中にあるように、このお城を作った思い出もよっちゃんの心の中に残ってくれたらいいなと思う。もちろん私にとっても、今日のこの瞬間は忘れたくない温かい思い出だ。

「あの電信柱の先にある吉田のおじちゃん家を左に行ったら、伯母さんの家なの」

帰り際、よっちゃんが道の先を指差しながら教えてくれた。予想通り、伯母さんの家は本当に近いらしい。恐らく走れば一分もかからなそうだ。

「じゃーね、ともちゃん。バイバイ！」

「うん、バイバイ！」

私に大きく手を振ったよっちゃんは昨日と同じように元気に駆け出し、吉田のおじちゃんの家を左に曲がって行った。

「よし、帰るか」

行きはいいのに、同じ距離でも帰りはやたらと疲れるのはなぜだろう。そんなことを思いながら重い足取りで田舎道を歩いていると、スマホが鳴った。

【あのさ、いつ帰ってくる？　洗剤買って洗濯したよ。ご飯はチャーハン作った】

私が送った怒りのメールには一切触れてこないけど、その文面には少し違和感があった。兄が私にメールを送る時は、今日のように自分が困っている場合がほとんどで、それもかなり素っ気ない。こんなふうに【〇〇したよ】なんて書き方はしたことがないのだ。しかも聞いてもいないのに自分の報告をするなんて今まで一度たりともない。

「なんか怖いんだけど」

【まだしばらく帰れないから、洗濯とかご飯は自分達でやってよ】

変だなと思いつつ独り言を吐きながら返すと、五分もしないうちにまた兄からメールがきた。こんなに素早く返信がきたのも初めてで、正直ちょっと戸惑う。

【分かった。お父さんが心配してるから、帰る時は連絡してよ】

そのメールを見た瞬間、兄の気持ちがなんとなく伝わってきた気がした。妹の勘というやつだけど、恐らく心配しているのは父ではなく、兄なのだと。もし父が心配しているのだとしたら、父が自分で電話なりしてくるはずだ。それを兄に言わせるなんてことは絶対にしない。

『ともちゃんのお兄ちゃんは、いいお兄ちゃんだよ』

よっちゃんの言葉を思い出し、私の口元から自然と笑みがこぼれた。

いいお兄ちゃんかどうかはやっぱり分からないけど、兄はどうやら私を心配しているらしい。

私は【OK】と返信をしてスマホをバッグの中にしまい、川沿いの道をのんびり歩く。

手のかからない妹と手がかかりすぎる兄がいれば、兄をより気にかけるのは母親として当然なのかもしれない。それに、当時は聞くことができずに自分の中で気のせいだと思い込んでいた兄のことを、本当は随分前から分かっていたんだ。

兄は中学生になるくらいまで、私や周りの子と比べて勉強が極端に苦手だったし、友達に溶け込むことも難しかった。私も子供だったから、兄がどうして簡単な問題も解けないのか不思議だったけど、兄が周りの子とほんの少しだけ違っていることには気づいていた。母が兄ばかりを気にかけていた理由は、きっとそういうことなのだ。

母に聞くことができない今、真実は分からないけど、もうどうでもいいかなと思う。だって母は、私も兄もどちらも同じだけ愛してくれていた。そこに違いなんてない。ただ少し、兄のことが心配だっただけなんだ。

だけどそんな兄も、私の知らないところで努力していたのかもしれない。成長と共に友達もできていたし、受験にも合格して高校へもちゃんと通った。

お母さんは、今も兄を心配しているだろうか。火葬場で人目をはばからずに声を出して泣いていた兄を見ていたら、心配するに決まっているよね。バイトも頑張っていたのに、突然辞めてしまうほどショックで悲しくて、きっと耐えられなかったのだと今なら思える。ずっと自分を支えてくれた母が亡くなったことは、兄にとっても相当つらかったはずだ。だけどそれは私だって同じだ。

お兄ちゃんは、大人になった今では誰よりも口が達者だから、大丈夫。それに飲食店で鍛えたからか、実は私と同じくらい料理だって上手にできるんだ。だからもう心配しなくていいよ。ただ、少しずつお兄ちゃんが前を向けるように、そして私にもう少し優しくしてくれるように、夢の中で言い聞かせてくれないかな。

私は夕暮れの気配を漂わせはじめた空をふと見上げ、『ね、お母さん』と心の中で呼びかけた。

第三章

父と娘

　三日目の朝は、思いがけない急展開で幕を開けた。それは、朝食バイキングに秋田名物の鰰（はたはた）の干物が出て、あまりの懐かしさと美味しさに涙が出そうになったこと、ではない。今日はこれからどこかでお昼を食べて、夕方くらいまでゆっくりのんびり過ごそうと思っていたのに、そうは言っていられない事態になったのだ。

【あと十分くらいで着くよ】

　部屋でゴロゴロしていた私は大急ぎで飛び起き、髪をとかすのも忘れて三十秒で部屋を出た。駆け付けたところは、鹿角花輪駅。昼過ぎだというのに今日は人の姿が少なく、真上から夏の陽光が降り注ぐ静かな空間に、騒々しいセミの声が響き渡っている。

　息を切らしながら駅の中に入ると、そこには翔太が立っていた。

「ちょっと！」

　幸い他に乗客はいなかったが、駅員さんと一瞬目が合ってしまった。つい声を張り上げてしまい決まりが悪くなった私は、翔太の腕を引っ張って駅を出た。

「何？　どういうこと？」

「来ちゃった」

戸惑う私とは対照的に、黒いリュックを背負った翔太は落ち着き払った表情で軽く微笑みながら言った。

「来ちゃった、って……」

仕事帰りにふらっと寄ってみた、くらいのテンションで東京から秋田まで来られても……。

「あまりにも突然すぎて何言っていいか分かんないけど、まず来るなら来るで連絡しようよ」

「連絡したじゃん」

昨日の夜、翔太から届いたＬＩＮＥはこうだ。

【なんか楽しそうだね。俺もそっちに行こうかな】

当然それはただの会話の流れであって、そんな軽い文面では本気だと捉えるほうが難しい。

「東京と違って湿気が少ないし、だいぶ過ごしやすく感じるね。でもさ、もっと何もないのかと思ったけど、普通にお店とかたくさんあるんだね」

眩しそうに目を細めた翔太は、駅周辺をぐるりと見渡した。

「駅前はね。少し離れたら田んぼばっかりだよ。っていうかそんなことよりも、何しに来たの？」

「何しにって言われると、うーん……」

ここまで来ておいて悩むというのはどういうことだろうか。

「言っとくけど、私は旅行で来てるわけじゃないからね？」

「うん、知ってるよ。家出でしょ？　じゃー俺も家出」

「じゃあって……」

そう言うわりには、初めて訪れた土地に胸躍らせている観光客の顔にしか見えない。きっと理由なんてどうでもよくて、ただ本当に来てみたくて衝動的に動いたということなのだろう。マイペースな翔太らしい。

「どこか観光とかしたの？」

「だから、旅行じゃないってば。まぁ、尾去沢鉱山には行ったけど……」

「え？　ずるい。俺も行きたかったな」

「仕方ないじゃん。来るって分からなかったんだし」

あまりにも突然で驚いたのは確かだけど、翔太が来たことが嫌なわけではない。

むしろ会話をする相手がいないことに少し寂しさを感じていた時だったので、本音を言えば嬉しい。

「で、翔太の家出理由は何？」

家出ではないと分かりつつ、面白そうなので聞いてみた。

「そうだな……。昨日の夜、カップラーメンを食べようと思ったんだけどさ、なかったんだよ。絶対に買っておいたと思ったのにないって、結構ショックじゃない？かといって他に食べるものが全然なくて、家でゴロゴロする気満々だったのにコンビニに行く羽目になったわけ。だから、それで頭にきて家出した」

「へぇ、そうなんだ。じゃあそういうことにしといてあげる」

翔太は食べようと思っていたカップラーメンがなかったくらいでは、絶対に怒ったりしない。ましてやそんなことが原因で家出なんてするはずもないし、そもそも家出というのは、私のように家族との関係がこじれてするのが一般的だと思う。

「しょうがないな。じゃあなんか食べに行く？　私もお腹減ってるし」

「おう、そうしよう！」

翔太は自分から絶対に口に出したりしないけど、心配になって私の様子を見に来てくれたのかもしれない。

「何か食べたい物ある？」

「俺はなんでもいいよ、智子が食べたいもので」

「だったら、私の思い出の場所はどう？」

「うん、いいね！」

思い出の場所というのは、喫茶十和田のこと。家出初日に行った時は食事はしなかったので、ちょうどいい機会だ。母とはよくお茶をしに行っていたけど、食事をした記憶は覚えている限り、ない。

駅前から歩くこと二十分。喫茶十和田の前に着くと、翔太は目を輝かせながらお店を見上げた。

「ここ、私が子供の頃にできた喫茶店で、お母さんとよく来てたんだ」

「へぇ〜、かわいいお店だね」

記念にと、翔太がスマホで何枚か写真を撮ってからお店に入った。二階に上がり、手前のふたり掛けの席に座った。客は他にお爺さんがひとりと、おばさまふたり連れがいる。

「いらっしゃいませ」

店員さんが運んでくれた冷たい水をひと口飲んで喉を潤してからメニューを眺め、

私はオムライス、翔太はカレーを注文した。

「家出はどう？」

翔太に聞かれたけど、楽しいと答えるのは違うのかなと思い、少し考えた。

「どうって聞かれると、なんて答えたらいいか分かんないけど……、今のところいい感じかな」

心に余裕ができたという点でも、家出をして正解だったと言える。

「それならよかった」

眉が晴れ、穏やかな表情で頷く翔太。やっぱり心配してくれていたのだと、翔太の優しさに密(ひそ)かな喜びを感じた。

「まさかこんな歳になって家出するとは、自分でも思わなかったけどね」

「家出に年齢制限はないよ。正当な理由があれば誰でもする権利はあるんだから」

「そう言われると、家出ってなんだか前向きなことみたいじゃない？」

「前向きなことじゃないの？」

翔太は丸くした目を私に向けて首を僅かに傾けた。

何かに嫌気がさして逃げ出すことを、家出というのだと思っていた。実際私も父や兄の自分勝手な言動に腹を立て、このままでは積もり積もった感情が爆発して家族との繋がりが切れてしまいそうだったから、そうなる前のギリギリのところで家出という逃げ道を自ら選んだのだ。

　私が家族を見放したらバラバラになってしまう。元に戻そうとしても、きっと失くしたものは見つからず、二度と繋がらなくなってしまう気がした。そうなったら、一番悲しむのは母だから。

「自分勝手な理由とか、人に迷惑をかけるような家出は駄目だけど、智子の場合は違うでしょ？　家出する前と今じゃ、智子の表情が少し違って見えるよ。穏やかっていうか、柔らかいっていうか。凄くいい顔してる」

　なぜ家出をしたのか詳しい理由は話していないのに、まるで知っているかのように翔太が言った。優しく諭(さと)すような口調でそう言われると、なんだか安心する。家のことをほったらかしにして一週間も家出をすることは悪いことではなく、私にとって必要なことだと言われているようで、気持ちが軽くなる。

「ありがとう……。なんかごめんね、翔太にはしょっちゅう愚痴こぼしちゃってたし、そういうのって面倒くさいよね」

　他に吐き出せない私の愚痴や不満を翔太はたくさん聞いてきたから、私の微妙な気持ちの変化に気づいてくれたのかもしれない。

「面倒くさいなんて思ったこと、一度もないよ。逆に、しっかり者の智子が普段は見せないような姿を俺にだけ見せてくれると思うと嬉しいし」

翔太はきっと、そう言ってくれるだろうなと思っていた。実際、家族のことで怒ってばかりの私を見ても、疲れて明るく振舞えない私を見ても、翔太は嫌な顔ひとつしたことがない。

「あ、来たよ」

私の後方に視線を向けながら翔太がこそっと伝えてくると、店員さんが料理を運んで来てくれた。

「いただきます」

ふたりで声を揃えて食べはじめると、翔太はよっぽどお腹が空いていたのか、次々と勢いよくカレーを口に運んでいった。美味しそうに食事をしている姿を見ていると、そういえばあの日もそうだったなと、翔太と初めて会った日のことを思い出す。

私と翔太が出会ったのは、大学に入学してすぐの新歓だった。近くのホテルで学部ごとに学校主催の新歓が行われるのは毎年恒例らしく、食事をしながら親睦を深めるというもの。

私は新歓という言葉にあまりいいイメージがなかったのだけど、学校主催なら安心だし、友達も早くつくりたかったので参加することにした。

本来私は人見知りというわけではないのだけど、初対面の場合は緊張しすぎると変に気負って、必要以上に喋って空回りしてしまうことがよくあるので、上手く溶け込めるか不安はあった。けれどそんな不安を最初に吹き飛ばしてくれたのが、麻由里だった。

麻由里は薄いピンク色のワンピースに白いカーデガンを羽織っていて、ミルクティー色に染められたふわふわの髪と黒目がちな大きな瞳。まるで、フランス人形が魔法で人間に変えられたかのような容姿をしていて驚いた。おまけにいい匂いがした。

『これ食べた?』

立食形式の食事だったため、話をするよりも先に何を食べようか悩みながらウロウロしていた私に、そんな麻由里が突然話しかけてきた。

『え?　あ、ううん。まだだけど』

『サッパリしてて美味しいよ。私サーモン大好きなんだよね。お寿司行ったら八割サーモン食べるもん』

　突然ニコッと微笑みかけられて、あまりのかわいさに女の私がドキッとさせられた。『サーモン食べるもん』という韻を踏んだ言葉がかわいい声と合わさって、凄まじい破壊力を発揮し、私は一気に麻由里の虜になった。

『ありがとう、食べてみる。私、田村智子です。よろしく』

　麻由里お薦めのマグロとサーモンのマリネを食べながら、私は時々声を上ずらせながらも緊張で喋りすぎないように気を付けて、麻由里と出身校や希望のサークル、趣味などについて話をした。

　麻由里は黙っていてもキラキラしているのだけど、喋るとより魅力が増す。かわいいのに気取っていなくてわざとらしさもまるでなく、声も大きくて豪快に笑う。だからなのか、気づけば緊張も薄れて自然体で話すことができた。その上、そんな麻由里に惹きつけられるようにして何人も声をかけてきたので、側にいた私も男女問わずたくさんの新入生と言葉を交わすことができた。

　一方で、私には他にずっと気になっている人がいた。麻由里に負けず劣らず、新歓がはじまってすぐ、その人の周りには人だかりができていた。特に女子の姿が目立つ。というか、女子ばかりだった。けれどしばらくするとその人だかりがひとりふたりと散っていき、気づけば中心にいた人物はひとりきりになり、またすぐ違う女子に声をかけられ、またひとりに……。それを三、四回繰り返したあと、遂には誰も彼の周りに集まらなくなった。

ひとりでひたすら立食を楽しんで、もうすぐ三十分が過ぎようとしている。黙々と孤独に食べている彼を見ていたら、どうにもいたたまれない気持ちになった。

私は麻由里を中心に盛り上がっているこの場から離れ、別次元にいるかのような静のオーラが漂う彼の元へ近づいた。そして料理を選ぶ振りをして近くで彼のことを見た瞬間、驚いた。スッと筋の通った高い鼻と二重で切れ長の目、ひとつひとつのパーツがハッキリとしていて男らしいのだが、美味しそうに食事をする姿は少年のようなかわいらしさもある。女子がたくさん集まっていた理由は、きっと彼の容姿が理由だったのではないだろうか。

確かに素敵だとは思うけど、私は脇目もふらずにただ目の前にある食べ物を次々と口に運んでいる彼に、俄然興味が湧いた。

『初めまして』

そっと横から声をかけると、彼は軽く頷くだけという薄いリアクションで返してきた。数えきれないほどの『初めまして』を言われてきてうんざりしてしまったのだろうかと思ったけど、彼の頬の膨らみを見て、ただ口を開けないだけなのだと気づき安心した。

『田村智子です』

口の中の物を飲み込んだタイミングを見計らって私が言うと、彼は慌てて持っていた食器を置き、

『藤間翔太です』

と、言いながら丁寧にお辞儀をした。

『ここにある食べ物、どれも美味しいですよね』

『はい』

『もしかして、食べること好きだったりします？』

『あ、はい』

『私も大好きで、喋るより食べるほうを優先しちゃってます』

『はい、同じく』

私の言葉に相槌(あいづち)を打つだけの藤間くんのお皿は、食べ物で山盛りになっていた。

『このローストビーフなんて、もう三枚も食べちゃいましたよ』

『五枚……』

『え？』

『俺は、五枚食べました』

私と目を合わせることもなく、藤間くんはお皿の上の食べ物だけを見ながら独り言のように呟いた。

なるほど。彼の周りから人が集まっては去っていくのは、こういうことか。

容姿だけで判断すると女性慣れをしていそうな端整な顔立ちなのに、多分彼は、究極に話すのが下手なのだ。話しかけても返ってくる言葉のほとんどが相槌で、何か言ったかと思えば、テンションの低い声で、食べたローストビーフの枚数を報告してくるだけ。

かっこいいから挨拶してみたけど、実際話してみたら盛り上がらなかった。第一印象からくる期待というハードルが高すぎたため、徐々に女子たちは彼の元からいなくなったのだ。

確かに、喋りが上手な男はモテる。高校時代にも、顔はそこまでイケメンではないのに、喋りが面白いという理由だけでめちゃくちゃモテる男子がいた。でも私は逆に、話が弾まない藤間翔太くんのことが気になって仕方がなかった。なぜなら、目の前に私がいて話しかけているにもかかわらず、藤間くんは明らかに食べ物に意識が向いていて、時々頬を緩めながらなんとも幸せそうに食事を楽しんでいるからだ。

無言にならないようにと気を遣っていたけど、マイペースに立食を楽しむ彼を見ていたら、なんだか一気に心が楽になった。

『私も食べよ！』

しばらくの間、大食い大会に参加しているのかと思うくらい、ふたりでとにかく食べまくった。

『本を読むのが好きなんですけど、藤間くんは？』

『漫画なら』

食べながら私が思いついたことを質問して彼が答え、時々会場の前方スクリーンに映し出される大学内の説明等を無言で見つめながらまた食べる。ただそれだけの時間が、私にとってはどうしようもなく自然で心地よかった。

時間にしたら三十分くらいだったと思うけど、その中で彼はさりげない優しさを何度も見せてくれた。飲み物を無言で持ってきてくれたり、使ったお皿をサッと片付けてくれたり。『話、つまらないですよね。すみません』と言った時は、そんなふうに謝る彼の姿勢がなんだか素敵だなと思った。

新歓以降、私と翔太は自然と連絡を取り合うようになり、大学でも一緒に過ごすことが多くなった。麻由里に『藤間くんって、智子と話す時だけ楽しそうだよね』と言われた時には、もう私は翔太を好きになっていた。私は翔太の容姿ではなく、優しくて穏やかで飾らないところと、なんでも美味しそうに食べる姿に惚(ほ)れたのだ。

「カレー、どう?」

私が聞くと、翔太は水をひと口飲んでから、「美味しい!」といつも通り幸せそうに笑った。

付き合って一年、翔太の優しさは想像以上だった。私に対して怒ったり不機嫌になることは一度もなく、怖い顔をして誰かの文句を言っている姿も見たことがない。少し大袈裟に言うと、例えばこのコップの下に敷いてあるコースターに対しても「いつも水滴を受け止めてくれてありがとう」と感謝を伝えられるような優しさを持っている。そんな翔太が怒ったのは、自分の家のトイレのドアに足をぶつけた時くらいだ。それも、よそ見をしていた自分に対して怒っていた。そんな彼だけど……。


「オムライスはどう？」

「うん、美味しいよ。なんか懐かしい感じ」

返事をしながらふと見ると、翔太はお皿から最後のひと口を綺麗にすくって口に運んでいた。

とにかく優しくて穏やかな翔太だけど、結婚となると……正直よく分からない。翔太以外の人なんて考えられないけど、そう思うのはお互いに今だけかもしれない。それに、私がもし家を出たら、父や兄はどうするのだろう。ふたりだけで本当にちゃんと家事ができるのかという問題もある。学生の私達には結婚なんてまだまだ先の話なのに、翔太が一緒に住むとか結婚なんて言葉を急に出すから、ついそこまで考えてしまう自分がいた。

あれこれ考えながらオムライスを食べ終えた時、スマホからＬＩＮＥを知らせる音が鳴った。食後のアイスコーヒーを飲みながら確認すると、送信者は父だった。

【今日天気いい。今ここ】

父らしい不自然な短文と共に、写真が添付してあった。父が写真を送ってくるのは珍しいのだけど、それを見た私は顔をしかめて苦笑する。

「どうしたの？　悪者みたいな顔して」

「どんな顔よ」

でも、そう見えても仕方ないほどの顔をしているというのは、自分でもよく分かる。

「お父さんからＬＩＮＥがきたんだけどさ、これ見て」

画像を見せると、翔太は「おっ」と目を見開いて小さく声を漏らした。わざわざ送ってきた写真には、白いキャップと赤いポロシャツを着用した父が写っていて、服装や背景から趣味のゴルフ中だと分かる。

だけど問題はそこではなく、隣に女性が寄り添っているということだ。一見お揃いのようにも見えるポロシャツを着た女性は、家出前に父が見せてきた人と同じだった。

なんのアピールだろう……。

「この人、お父さんの彼女らしいよ」

〝彼女〟と口に出すだけで鳥肌が立つ。こんな写真を送ってきて、どういうつもりなのだろうか。

「もしかして智子の家出は、これも原因？」

「まぁ、それもあるけど……」

「娘からしたらきっと複雑だよね。でもさ、お父さんかっこいいじゃん。初めて見たけど、うちの父親と全然違うし」

　でもさ、の意味は分からないけど、自分の父親がかっこいいだなんて思ったことは多分一度もない。

「かっこよくないよ。普通のおじさんじゃん」

「えー？　それは智子が娘だからそう思うだけだよ」

「地元の友達もお父さんを見てかっこいいって言ってたことはあるけど、私には本当に分かんない。しかも自称シルベスター・スタローンだよ？　笑うしかないよ」

「あー、確かに。目元とかスタローンだ！　お父さん、若い時も相当モテてたと思うよ」

「ちょっとやめてよ」

　もし父が翔太の発言を聞いていたら、まんざらでもない顔をして『そうなんだよ』と、思いきり肯定していたに違いない。私からしたら、スタローンだろうがなんだろうが、母を亡くして二年で彼女を作って浮かれながら娘に報告してくるなんて、正気の沙汰とは思えない。

アイスコーヒーを最後まで飲み干した私は、返信をせずにスマホを鞄（かばん）の中に入れた。この写真を見せられて、娘の私は何を言えばいいというのか。

「智子。ここにシワ、寄ってるよ」

自分の眉間を触りながら翔太が言った。腹の立つことがあったり兄と喧嘩をした時は、『そんな顔してたら、余計にイライラしちゃうよ。力抜きなさい』と、母によく言われていたのを思い出し、私は慌てて表情を緩めた。

「そろそろ出ようか」

せめて鹿角にいる間くらいは穏やかに過ごしたいし、父の恋人がどうとかそういうことは考えないようにしよう。

喫茶十和田をあとにした私たちは、ひとまずぶらりと散歩することになった。特に面白いものは何もないのだけど、子供の頃の私が歩いていた町を一緒に歩きたいという翔太の希望で。

「このコンビニができた時なんて、おばあちゃんもお母さんも大騒ぎでさ」

田舎だから駐車場がやたら広いというだけで、東京でもあちこちに存在している普通のコンビニを指差した。

「コンビニなかったの？」

「うん。少し離れたところにはあったんだけど、歩いて行ける距離にコンビニができたのは初めてだったの。だからさ、用もないのにお母さんとよく来てたんだ」

「そっか。なんかこうやって眺めてると、小さい智子の姿が目に浮かぶよ」

「そんな、ただのコンビニだよ？」

「智子の思い出が詰まった場所なんだから、特別でしょ」

それから駅へ向かう途中にある商店街に寄ったのだけど、あまりの変貌ぶりに驚いた。五年前に行った時はお土産屋を中心に八百屋や酒屋、服飾店やレストランなど、もう少したくさんのお店があったはずなのに、小さな商店街に並んでいる店の半分以上がシャッターを閉めていた。確かにここは観光客が訪れるような場所ではないけど、それにしたって閑散としすぎている。

「夏休みを利用しておばあちゃんとかおじいちゃんの家に遊びに来てる家族とかも、今はあんまりいないのかな？」

そんなことを翔太に聞いても答えが分かるわけではないのに、なんだか寂しくて、お店も人も少なくなってしまった理由を知りたくなった。

「いるとは思うけど、やっぱり人も町も時代と共に変わっていくものだからね」

「時代と共に、か。なるほどね」

母が子供の頃は、きっとこの商店街も私が知っているよりずっと賑わっていたのだろう。でもそんな母も東京で就職するために地元を離れたわけだし、子供の数だって昔とは全然違うだろうから、仕方ないことなのかもしれない。

「なんか不思議だよね。小学生の時は迷子になるんじゃないかと思うくらい凄く大きく見えたのに、今はこぢんまりとした小さな商店街にしか見えないんだもん」

「それだけ智子が大人になったってことじゃない？」

「うん、そうだね」

よっちゃんが見たら、この商店街もかつての私のように大きく見えるのかな。

淡い寂しさに浸りながらとてものんびりと足を進めていたはずなのに、今年二十歳になる私が商店街を抜けるのには、五分とかからなかった。

「この先にスーパーがあったから、なんか買う？」

「うん、夜中とか絶対お腹空きそうだし」

「そうだ、翔太は泊まるところどうするの？」

まさか日帰りというわけではないだろうけど、翔太は私と違ってのんびりしているから、ちゃんと泊まる場所を確保しているか心配だ。

「俺もそこは悩んだんだ。福島辺りまでなら日帰りもありかなって思ったけど、秋田となるとやっぱり一泊はしたいからね。ほら、ここ」

　翔太が見せてきたスマホの画面には、ホテルの情報が書かれていた。

「ちゃんと予約したの？　珍しいね」

　翔太と付き合いはじめてから一年の間に三回旅行に行ったのだけど、全て私が計画を立てて予約もした。翔太はちょっと優柔不断なところがあるので、任せたら永遠に決まりそうになかったからだ。

「智子が泊まってるホテルは予約でいっぱいだったんだ。ちょっと古いけど、空いていたホテルが取れたから、今日はそこに泊まるよ」

　私が泊まっているホテルは綺麗で安くて駅から近いため、人気なのかもしれない。それに今は夏休みでもあるから余計だ。

「かなり時間かかったんだけどね。でも今度からは、旅行の計画とか予約とか、今まで智子に任せっきりだったことも俺がやるから」

　快活な顔でそう言ってくれたけど、私は楽しいことのために計画を立てたり調べたりするのは嫌いじゃない。

「別にいいよ。私、嫌々やってるわけじゃないし」

「そういうわけにはいかないよ。一緒に住んでからも、智子にばかり負担をかけたくないんだ」

「いや……あのさ……」

返事をしたつもりはないけど、翔太の中ではもう同棲は決定事項なのだろうか。嫌なわけじゃないし、私も同棲は憧れる。だけど、そういうことを考えはじめると、どういうわけか楽しみな気持ちよりも不安のほうが増していくのだ。

「智子？　どうかした？」

「ううん、別に」

いずれ決めなければいけないのだろうけど、今の私では、まだ何も決断できない。

「あ、ほら、スーパーあったよ」

私が前方を指差した時、中からちょうど見知った人物が出てきた。すれ違うまで確信が持てなかったけど、間違いない。

「あの、相馬（そうま）さん？」

声をかけると、おばさんが「ん？」と言いながら振り返った。

「あれ⁉　樋口（ひぐち）さんとこの、智子ちゃん？」

口元に手を当てながら驚きの声を上げたこのおばさんは、祖父母の家の隣に住んでいる相馬さんだ。樋口というのは、母の旧姓。年齢は確か私の祖母よりも少し若くて、多分今は六十歳代半ばくらいだと思う。白髪が混じった髪を綺麗に結い上げている相馬さんは、最後に会った五年前と変わらず上品な雰囲気で、何より元気そうだ。

「はい、智子です。お久しぶりです」

「あらら、なしてこっちに？　お父さんも一緒さ来だの？」

「いえ、私ひとりなんです。ちょうど夏休みだから、一週間くらい旅行でもしようかなって思って」

　ひとりと言ってしまってから、隣に翔太がいることに気が付いた。相馬のおばさんも、翔太に視線を向けている。

「あ、えっと彼氏です。今日来て明日には帰るんですけど」

「あら、彼氏？　智子ちゃんも大人になったねぇ」

　翔太が会釈をすると、照れ笑いを浮かべた私の手を相馬のおばさんが優しく握った。シワだらけの手は、柔らかくて温かい。

「夜ご飯はどさ行ぐの？」

「夜は、まだ決めてないんですが」

「そいだばふたりで家来なさい。ご飯作ってけるがら」

「いえ、でも……」

「えがら、今ちょうど娘と孫も来でらがら」

「えっ、娘って、早苗さんが？」

早苗さんは確か、私よりも十歳は上だったと思う。相馬さんの家に遊びに行った際、小学生だった私といつも遊んでくれた、綺麗で面倒見のいい隣のお姉さんだ。祖母の葬儀の時は確か独身だと言っているのを聞いたので、この五年の間に結婚して子供を産んだのだろう。

「早苗も喜ぶと思うがら。何か食いてぇ物あれば、作ってけるよ？」

「えっと……私、きりたんぽ鍋が食べたいです」

図々しいかなと思いつつ、素直に答えた。毎年鹿角に来た時は、必ず相馬さんの家にも遊びに行っていた。隣同士なので、私と兄が庭で遊んでいたら『おやづ食べに来なさい』と声をかけてくれることもあったし、お盆休みが終わって帰る時には、必ず畑の野菜などをたくさん持たせてくれた。もっと相馬のおばさんと話をしたいし、早苗さんや早苗さんの子供にも会いたい。

「ええよ。用意して待ってらがら、あとでふたりで来なさい。何時でもえがら」

「はい！　遠慮なく行かせてもらいます。それで、えっと……た、楽しみにしてます」

お礼を言ったあと、私はおばさんの隣にいる人に目を向けた。最初からずっと気になっていたのだけど、どう聞けばいいのか分からずに躊躇(ためら)ってしまい、結局聞けずじまい。

私の隣に翔太がいるように、おばさんの隣にも男性がいた。最初は相馬のおじさん、つまり夫婦で買い物に来ていたのかと思ったけど、どう見ても顔が違う。五年で見分けがつかなくなるほど変化することはないだろうから、相馬のおじさんとは別人だ。

ただの知り合いか友人という可能性もあるけど、おばさんはずっと、その男性と腕を組んでいた。

「どういうことだろう……」

「何が？」

スーパーの中を歩きながら、思わずポロッとこぼれた独り言に翔太が反応したので、私は先ほどの疑問を口にした。

「つまり、腕を組んでいたあのおじさんはおばさんの旦那さんではなく、別のおじさんというわけ？」

翔太の言葉を聞いて、余計に頭がこんがらがった。

「まぁ、多分そういうこと」

誰だったのだろうと考えれば考えるほど、優しくて穏やかだったおじさんのことを思い出してしまう。まさか不倫……なんてことは絶対にないはずだ。だけど、私がふたりに会っていたのは年に一回、お盆休みの間だけ。それも最後は五年前だし、私の目にはとても仲のいい夫婦に見えていても、実際のところは分からない。

「でもさ、智子の前でも普通に腕組んでたんだから、知られたくない関係ではないんじゃない？」

「確かに。だよね、うん、そうだよ」

自分に言い聞かせるように、私は何度も頷いた。もしも道理に外れるような関係なら、私に会った瞬間慌てて腕を解くはずだけど、おばさんは全く気にしていなかった。それどころか、私を家に招いてくれたのだ。

「お父さんが変な写真送ってくるから、余計なこと考えちゃったよ」

「智子はさ、お父さんに恋人ができたらやっぱ嫌なの？」

「んー……嫌、とかじゃないんだよね。上手く言えないけど、なんかムカつくの」

確かに昔は喧嘩ばかりの夫婦だったけど、父は歳を重ねるたびに角が取れていって、気づけば喧嘩もしなくなっていった。いつからか、父は母の誕生日に必ず花を買って帰って来るようになって、母は『珍しいこともあるもんね』などと言いながらも嬉しそうに微笑んでいたのを鮮明に覚えている。

「夫婦だった時間って、二年で忘れちゃうものなのかな。たった二年で別の人を好きになれちゃうものなの？」

「どうだろうね。俺にはお父さんがどう思ってるのか分からないけど、でも、お父さんはお母さんのことを忘れたとか、そういうわけじゃないと思うけどな」

「そうかな……。恋人ができたって娘に報告しちゃうくらいだから、きっとお母さんのことなんてもう頭にないんだよ」

若いカップルが、喧嘩や浮気で別れてすぐに別の人と付き合うとかならよくあることだし、好きにすればいいと思う。だけど死んでしまった人には、会いたくてももう会えないんだ。忘れたくても忘れられないくらい、大きな存在なはず。

「私はさ、お母さんのことを考えなかった日はないよ。大学に合格した時も、翔太と付き合った日も、風邪を引いて寝込んだ日も、ただボーッとテレビを見ている時だって、いつも思い出す。だから……」

何もなかったみたいに彼女を作ったお父さんの気持ちが、どうしても理解できない。

　感情が溢れ出てしまいそうになり強く唇を嚙むと、翔太はそんな私の手を静かに握ってくれた。気の利いたことを言うのは得意ではない翔太だけど、ただ優しく手を繋いでくれるだけで、今の私にはじゅうぶんだ。

「ほら、智子の好きないちご大福だよ。元気出して」

　翔太は和菓子のコーナーにあるいちご大福を四つ手に取り、カゴに入れた。子供じゃないいんだからと言いたいけど、いちご大福は本当に私の好物だ。

「四つも？」

「ひとつは俺ので、あとは智子のね。夜中に小腹が空いた時は、洋菓子やカップラーメンより和菓子のほうがいいでしょ？」

「夜中に食べるならどれも変わらないと思うけど。まぁ、ラーメンよりはましかもね」

　私はもうひとつ、いちご大福をカゴに追加した。

　それから、人の家にお邪魔するのに手ぶらというのは気が引けるので、早苗さんの子供のためにお菓子と二リットルのジュースを買うことにした。母はそういう礼儀や一般常識をきちんとしていた人なので、私も自然と気にするようになった。

「こんなことなら、万が一のために東京からお土産をいくつか買って持ってきておけばよかった」

「でもさ、家出なんだから仕方ないよ」

「そうだけど……。あっ、そういえば早苗さんの子供って何歳だろう？　赤ちゃんだったらジュース飲まないかもしれないし、お菓子も余計なお世話だったら……」

ドリンク売り場の前で悩んでいる私を差し置いて、翔太がオレンジジュースをスッと持ち上げて躊躇いなくカゴに入れた。

「こういうのは気持ちだから、そんなに考え込まなくて大丈夫だよ。たとえ子供が赤ちゃんだったとしても早苗さんが飲むだろうし、その早苗さんがオレンジジュースが嫌いでも、おばさんやおじさん、近所の子供とか、ジュースもお菓子も誰かが美味しくいただいてくれるよ」

いつもは翔太のほうが優柔不断なのに、私が悩んだ時に限って、翔太は急に決断力を発揮してくる。そういうギャップも、翔太の魅力のひとつだ。

買い物を済ませた私達は、その足で相馬さんの家へ向かった。普段ほとんど運動をしない私は歩くのがあまり好きじゃないのに、家出をしてからは歩いてばかりだ。でも、自然が多いこの環境だとそこまで苦にはならない。

「え、ここ⁉」

翔太が目を見張った先には二階建ての大きな民家と広い庭、車が三台は停められそうな車庫もある。都会では遊ぶ場所も限られているけど、これだけ広い敷地なら鬼ごっこもかくれんぼもなんでもできる。

私達は車庫と庭を抜け、家の真ん中辺りにあるドアの前に立った。祖父母の家もそうだったが、玄関は雪国特有の二重ドアになっている。あとから取り付けたような透明な引き戸を開けると、本来の茶色いドアが現れた。

「なんか、ドアも大きいね」

「だね。でも子供の頃はもっともっと大きく感じたな」

これもまた時代の流れ、私が大人になったということなのかな。

インターホンを押すと、すぐに「は～い！」という元気のいい大きな声が聞こえた。

「いらっしゃい」

ドアを開けたのは、早苗さんだった。私の記憶の中にある長い髪はバッサリと顎のラインまで切られているけど、相変わらず綺麗な顔は全く変わっていない。

「早苗さん！　お久しぶりです」

「やだ～、あらたまっちゃって。智子ちゃんもずいぶん大人になったじゃん！」

会釈をした私の肩を、早苗さんは笑いながらバシッと叩いた。女優だと言われても不思議ではないくらい小顔でハーフのような顔立ちで、ぱっと見は近寄りがたい雰囲気をしているのに、実はとても豪快で男っぽい性格をしている早苗さん。笑い声は大きいし喋り方も早口でハキハキしていて、例えるなら大阪のおばちゃんのようだけど、早苗さんは正真正銘の秋田美人だ。

「早苗さんも元気そうでよかったです」

「元気よー。最後に智子ちゃんに会った一年後に結婚してね、子供が生まれて今は秋田市に住んでるのよ」

「子供がいるって聞いてビックリしましたよ」

「あははっ、こんなガサツな女でも結婚できたのよ。そちらの方はもしかして、彼？」

翔太にチラッと視線を向けたので、私ははにかみながら「はい」と答えた。

「あ、えっと、藤間翔太と申します」

「わぁ！　まさかあの小さかった智子ちゃんが彼氏を連れて家に遊びに来る日が訪れるなんて、感慨深いわ～！　彼はいくつなの？　知り合ったきっかけは？」

早苗さんの勢いに圧倒され、面食らって困惑している翔太が少し面白い。

「そんなところにいねぇで、早ぐ上がったんせ」

おばさんの声が奥の部屋から聞こえてきた。

「あぁ、ごめんね。つい嬉しくて色々聞きたくなっちゃった。さ、入って入って。彼氏さんもほら」

私達は早苗さんに促されるように靴を脱ぎ、用意してもらったスリッパを履くとリビングへ通された。リビングの中心にはローテーブルと大きなソファーがあり、ソファーのうしろにはダイニングテーブル、その先にカウンターキッチンがある。我が家よりも倍以上は広いリビングだ。

「早苗さんごめんなさい。私なんにも用意してなくて、よかったらこれ」

さっき買ったばかりのジュースとお菓子を早苗さんに手渡した。

「やだ、別にいいのにー。ありがとね！　ちょっと、利久(りく)!!」

早苗さんの視線を追って玄関の正面にある階段に目を向けると、ドタバタと足音を鳴らしてひとりの男の子が下りてきた。

「ほら、ちゃんと挨拶して」

早苗さんに背中を押された男の子は、少し恥ずかしそうに体を左右に捻(ひね)りながら私を見上げた。

「……こんにちは」

早苗さんにそっくりだし、上目遣いがめちゃくちゃかわいい。

「こんにちは。利久くんは何歳？」

「三歳」

そう言いながら指を二にしたあと間違えたことに気づいてすぐに三に変える仕草もかわいくて、抱きしめたくなった。

「三歳なんだ、かわいいね」

素直にそう伝えると、男の子は照れ笑いを浮かべて早苗さんの足にしがみついた。

「今年四歳になるんだけど、今幼稚園の年少なの。ほら、お姉ちゃん達にお菓子もらったよ」

私が買ったお菓子を受け取ると、利久くんはキラキラした綺麗な瞳を向けて「ありがとう」と元気いっぱいに伝えてくれた。

「どういたしまして」

特別子供好きというわけではなかったはずなのに、自分でも驚くほど利久くんにキュンとして、母性本能を激しくくすぐられた。

「なんか気を遣わせちゃって悪いね。座って座って」

「あ、はい。失礼します……」

利久くんはお菓子を持ってまた階段を駆け上がって行き、私と翔太は茶色いL字型のソファーにふたり並んで腰を下ろした。子供の頃は遠慮なく上がって遊んでいたはずの家なのに、妙な気まずさを感じて尻が据わらないのは、ソファーに座っているあの人が原因だ。スーパーでおばさんと腕を組んでいた謎のおじさんが、当然のようにそこにいる。私が意味深な瞳を翔太に向けると、翔太は唇を結んだまま小首を傾げた。

そうだよね。翔太に答えを求めても、分かるはずがない。だけど、早苗さんが特に何も言わないのは変だ。私の記憶が間違っているだけで、やっぱり相馬のおじさんなのか？　いや、それは絶対にない。あんなに優しくしてもらったおじさんのことを間違えるなんてあり得ない。この謎のおじさんも優しそうな顔はしているけど、一体何者なのだろう。

聞くに聞けない状態が非常にもどかしい。そう思っていると、早苗さんが氷の入ったジュースをテーブルに置き、キッチンから出てきたおばさんが茶菓子の入ったお皿を持ってきてくれた。

「ご飯までまだ少し時間あるから、食べなさい」

「はい、ありがとうございます……」

遠慮なくお菓子をいただきながら、私はおじさんを一瞥（いちべつ）した。

「もうどこか行ったの？」

「昨日尾去沢鉱山には行ったんですけど、あとは特に予定はないです」

早苗さんに聞かれたので答えたが、観光や遊びが目的で来たわけではないので今後の予定は白紙だった。

「せっかく彼氏もいるんだから観光してくればいいのに。十和田湖とかは？　カップルといえば十和田湖でしょ」

「あぁ、えっと確か……、青い石ですよね？」

十和田湖の青い石のことは、昔母から聞いたことがある。

「青い石？」

翔太が私を見て首を捻った。

「うん。なんかね、十和田湖畔で青い石を見つけられた恋人は幸せになれるとか、そんな伝説があるらしいよ。よくある若者の間で流行（はや）った都市伝説みたいなものだよ」

私が説明すると、翔太は「なるほどね」と納得した様子で頷いた。

「でも素敵じゃない？　誰が最初に言い出したのか知らないけど、私はそういう噂に結構のっかるタイプだから、学生時代に友達と探しに行ったりしたなぁ」

視線を上げながら、当時を思い出すように早苗さんは言った。

「へぇ、俺も探してみたいな」

「確かに素敵だし私も欲しいけど、簡単に見つからないから伝説って言われているのかもしれないよ？」

誰でも簡単に手にしてしまうようなら、ありがたみも何もなくなってしまい、きっとそんな伝説はすぐに薄れてしまう気がした。

「行ってみようかな……」

翔太は視線を下げながら、本気なのか冗談なのか分からない独り言を呟いた。

「おいの時代はそんなの聞いだごどねぁ」

おばさんは「ねぇ」と言って謎の男性と見つめ合った。

おばさんの若い頃にはなかった伝説なのだろうけど、私はそんなことよりも、微笑み合うふたりの間に流れる温かな空気感が気になって仕方がなかった。

ここまでどうにか気にしないように頑張ったけど、もう駄目だ、聞かずにはいられない。たとえ私の発言によってこの空間が凍り付いたとしても、見て見ぬ振りはもうできない。というか、よからぬ関係ならそもそも早苗さんが黙っていないはずだ。こんなに堂々とソファーに座ったりもしない。それなら聞いても差し支えはないだろう。とにかく、どこの誰なのかだけをハッキリさせれば済むことだ。

私の決意が伝わったのか、翔太は「聞くの？」と言いたげに私を見て眉を上げた。

「あの……ちょっと聞きたいんですけど……」

私は、おばさんに向けて視線を放った。

「えっと……隣の方は……どなたですか？」

色々悩んだ挙句、ストレートに疑問をぶつけた。すると、おばさんは思い出したように「あぁ」と声を上げ、おじさんの手に自分の手を重ねた。

「紹介していながったね、岩渕謙三さん。そうね、若い子の言葉で言うど……彼氏かな？」

絵にかいたような沈黙が数秒間流れたあと、

「かっ、かっ、彼氏⁉」

思わず声を荒らげた私を見て、早苗さんはクスクスと笑いながら二階に上がって行った。

「ちょっと待ってください、えっと、おじさんは？　相馬のおじさん！」

「うちの人、二年前に亡ぐなったのよ」

荒波の如(ごと)く揺れていた私の気持ちが、おばさんの言葉によって一瞬にしてピタリと止まった。そして、耳を疑う。

「えっ……だって、五年前は元気に……」

聞けば、相馬のおじさんは私の祖母が亡くなったあとに体調を崩し、癌(がん)が見つかってから一年後に亡くなったそう。母が亡くなった少しあとの話らしい。

母が亡くなった時、相馬のおばさんは遠方で来られなかったけど、代わりに早苗さんが手紙と香典を送ってくれて、そこには私達家族を気遣う言葉ばかりが綴られていたけど、おじさんの体調のことはひと言も書かれていなかった。

相馬さんと私達は親戚でもなんでもなく、母の実家のお隣さんというだけの関係だ。でも、私は小さい頃からお世話になっているし、相馬のおじさんも大好きだった。

「ごめんなさい。私……」

「なんも謝る必要なんてねぇよ」

「だけど、おばさんも早苗さんもつらかったはずなのに」

「んでねぇ。あの人は病気だったんだども、死ぬと分がってから一年も一緒にいられだし、話もできだ。智子ちゃんのほうが、大変だったべ」

「いえ、そんなこと……」

確かに私達が母を亡くしたのは、あまりに急だった。突然地球がひっくり返ったみたいな出来事に、頭がついていかなかった。でも、大切な人を亡くした悲しみは同じだ。死ぬまでにもっと話ができたとしても、言いたいことを全て言えたとしても、心に受ける痛みは同じ。おばさんも早苗さんも、きっととても悲しかったに違いない。

「あの、お線香あげてもいいですか？」

すると、ちょうど二階から降りてきていた早苗さんが「どうぞ」と言ってリビングの先にある和室に案内してくれた。立派な仏壇にはお花とお菓子が供えてある。私と翔太は座ってお線香をあげ、手を合わせた。

毎年夏休みにスイカを食べさせてくれてありがとうございます。お世話になったのに、お葬式に行けなくてすみません。と、心の中で伝えてからフッと顔を上げると、遺影の中で穏やかに微笑む相馬のおじさんと目が合った。

相馬のおじさんは、母と会っているのだろうか。母は怒っていないかな。だって、お父さんがあんなこと……って、そうだ！

思い出したように振り返ると、おばさんと岩渕さんがお茶を飲みながら互いに見つめ合って何か話をしていた。そんなふたりを見ていると、やっぱりどうにも落ち着かない。

私は仏壇の前に立ち、相馬のおじさんからリビングにいるふたりが見えないように、自らの体を使って目隠しをしたくなった。翔太も私に合わせて立ち上がり、ふたりで壁を作る。こんなことをしてもなんの意味もないかもしれないけど、相馬のおじさんが見ているかもしれないと思ったら、いたたまれない気持ちになってしまう。

「なんか、複雑」

私は思わずぽつりと呟いた。おばさんは旦那さんを愛していたし、悲しかったのも事実だろうけど……。

「だけどよく考えたらさ、亡くなった人って、ずっと仏壇にいるわけじゃないと思うよ。フワフワ浮いていたりするんじゃない？　もしくはソファーに座ってるか、天国からテレビみたいなもので地上の様子を見ているかも。そうなると、俺たちがこうしている意味がなくなるよね」

「確かに！」

翔太が小声でそんなことを言ってきたので、私はついつい声を上げてしまった。

「気になる？」

側にいた早苗さんが、若干笑いを堪えた様子で聞いてきた。早苗さんは娘、つまり私と同じ立場なのに、気にならないのだろうか。それとも何か特別な理由でもあるのか。

「母さんに聞いてみたら？」

私の心の中を見透かすように早苗さんは言った。父に対しては親だからか、何を言われても納得できずに憤慨する自信しかないけど、おばさんにならば聞けるかもしれない。その答えが父の気持ちと同じだとは限らないけど……。

リビングに戻り、私と翔太は再びソファーに座った。

「なんかね、智子ちゃんが母さんに聞きたいことがあるんだって」

「えっ？　あ、いや……」

早苗さんが背中を押すというか、むしろいきなり最後尾から一番前にドンと押し出してきた。

「何？」

おばさんと同時に隣の岩渕さんまでもが私に目を向けてきたので、ひとつ静かに息を吸った。

「失礼を承知で聞きたいんですが、おばさんは、どうしてその……恋人を、作ったんですか？　亡くなったおじさんのことは、気にならなかったんでしょうか……」

本当に失礼なことを言っていると分かっていたけど、止まらなかった。おじさんとは死別しているのだから、おばさんに恋人がいようが再婚しようがなんの問題もない。だけど、おじさんはどうだろう。今のふたりを見てどういう気持ちでいるのか、私にとってはそちらのほうが気になる。おじさんは、母は……、悲しんではいないだろうか。怒っているんじゃないか。

「入院さして半年で色んな話がでぎだがら、死んだあども大丈夫だで思ってだんだ。でもね……、なしても寂しくて」

握りしめた湯呑に視線を落としながら、おばさんは言った。

「岩渕さんとはデイサービスで何度か会ってで、岩渕さんも奥さん亡ぐしてらのよ。ばあちゃんになって恋人っていうのもおがしな話だげどね」

「ばあちゃんなんて、相馬さんはまだまだ若々しいです」

岩渕さんと見つめ合ったおばさんは、目を細めて上品に微笑んだ。

　つまり、寂しかったから。愛は関係なく、互いの寂しさを埋めるだけの存在ということだろうか。私にはやっぱりよく分からない。亡くした相手のことを思ったら、恋人をつくるという発想には至らない気がする。

「ひとりでご飯食うのもテレビさ見るのも、寂しぐでしがだねぇ。あの人がいるところさ行ぎでぇって思ったり」

　それなら私にも身に覚えがある。何をしていても寂しくて、母に会えるなら死んでもいいと、心の奥底でずっと思っていた。

「母さんね、岩渕さんと出会ったあと、父さんの夢を見たんだって」

　黙り込む私を見て、早苗さんがそう言ってきた。

「夢ですか？」

「うん。なんかね、もっと人生を楽しみなさい。まだこっちに来ちゃダメだって言われたんだって。随分都合のいい夢でしょ？」

「そうですね」とは言い難(にく)いので、曖昧(あいまい)に頷いた。

「だけどさ、父さんが母さんの夢に出てきてくれて、私は良かったと思ってるんだ。母さんの気持ちも楽になったと思うから。ねぇ、藤間くんだっけ？　あなたはどう思う？」

「えっ？　は、はい」

突然話を振られた翔太が、慌てた様子で背筋を伸ばした。

「若いカップルにこんな話をするのはなんだけどさ、例えば、もしもあなたが先に死んでしまったら、残された智子ちゃんに対してどう思う？」

まさかの質問を投げかけられて、さぞかしあたふたするだろうと思ったが、翔太は妙に落ち着いていた。

「俺は……最初の半年くらいはずっと俺のことを想って悲しんでほしいです。いっぱい泣いて、涙が出ないくらい泣いたら、あとは笑ってほしいですね。智子が幸せになるなら、他の人と一緒になったって全然かまいません。あ、でも智子を不幸にするような男なら俺が取り憑きますけど」

いつもの翔太らしからぬ、切れのいい喋り方。心なしかドヤ顔をしているようにも見える。

「いいねぇ、藤間くん正直で最高じゃん！」

早苗さんが翔太に向かって親指を突き立てると、翔太は「へへへっ」と笑いながら頭を掻いた。だけど私は、翔太の答えにほんの少しだけ疑問を持った。もちろん顔には出さないけど。

「相馬のおじさんは、きっとおばさんの幸せを願ってますよね」

私が言うと、今までずっと黙っていた岩渕さんが口を開いた。

「残り少ねぁ人生を、おいがだは亡ぐなった妻と旦那さんの分まで、ふたりで幸せに生ぎでぇで思ったんだ」

そんなふうに優しい声で言われてしまったら、否定なんて絶対にできない。

「おいの幸せを、あの人が願わねぇはずねぁ」

遠くを見るように視線を上げて言ったおばさん。大きな窓の外には、夏の綺麗な青空が広がっている。

「父さんだってきっと、天国で恋人のひとりやふたり作ってると思うなぁ。だって、父さんてば母さんがいないと何もできないいんだから。天国だろうとなんだろうと、ひとりじゃ絶対無理な人だからね」

早苗さんの言葉が、ある日の母の言葉と重なった。

『お父さんはね、ひとりにしたら絶対ダメな人なんだよ』

当時はその言葉の意味が分からなかったけど、今ならなんとなく分かる。

私が旅行に行った時、万が一のために父に銀行のカードを預けていたら、帰って来て驚いた。父は五日で二十万円も使っていたのだ。もちろん私は激怒して、二度と父にお金は握らせないと誓った。

　母が亡くなってからは、毎日飲み歩いて家にいる時間も極端に減ったし、父がどれだけ寂しい思いをしているか分かっているつもりだった。だからこそ、私が支えてあげなければと思っていたんだ……。

　やっぱり自分の父親のこととなると、素直に受け入れるのは難しい。

「そろそろご飯作らねば」

　そう言っておばさんはゆっくりとソファーから立ち上がった。

「私も手伝います」

「えのよ。座ってなさい」

「いえ、手伝わせてください」

　おばさんのあとに続いて私もキッチンに入った。誰かの隣で料理をするのは久しぶりだ。

「そいだば、野菜切ってくれる？」

　相馬さん家のキッチンは広いから、私とおばさんと早苗さん、三人で立っても狭くない。私は調理台にまな板を置き、ごぼう、人参（にんじん）、せり、ネギ、舞茸（まいたけ）を適当な大きさに切った。各家庭で多少の違いはあるだろうが、入れる材料はお母さんが作ってくれるきりたんぽ鍋と全く同じだった。

「昔から思ってたんですけど、秋田の人って冷凍庫に絶対きりたんぽがありますよね？」

冷凍庫からきりたんぽを取り出した早苗さんを見て、ふと思ったことを口に出した。私の祖母も、よくきりたんぽを送ってくれていた。

「秋田県民全員ってことはないと思うけど、冷凍してる家庭が多いかもね。スーパーでもあたり前のようにたくさん売ってるし」

鶏肉を切っている早苗さんの横で、おばさんは鍋にだし汁、酒、みりん、醤油(しょうゆ)を入れて火にかけた。

そういえば、と思い出したように振り返ると、いつの間にか利久くんが二階から下りてきていて、翔太と一緒にパズルをして遊んでいる。小さな子供と触れ合っている翔太を見るのは初めてだけど、顔の筋肉を全部緩ませているのかと思うくらいの満面の笑みで接している。

「小さい頃から智子ちゃんのこと知ってるし、なんか親目線っていうか、変な男だったらコッソリやめなさいってアドバイスしようと思ってたんだけど、彼、いい人そうね」

　自分の子が楽しそうにはしゃいでいる姿を見て、早苗さんは悪戯っぽく微笑んだ。彼氏をそんなふうに褒められるのはとても嬉しいし、誇らしくもある。そう、私の彼氏は世界一優しいと言っても過言ではないのだ。

「よし、じゃー入れるよ」

　早苗さんが切った比内地鶏を鍋に入れた。灰汁を取りながらしばらく火にかけ、せり以外の野菜を入れてもう一度煮る。最後にせりときりたんぽを入れて火が通ったら出来上がりだ。

　鍋は材料を切って入れるだけなので、非常に簡単で栄養も満点。私も冬になったら週に一回は鍋をやりたいのだけど、家族三人揃ってご飯を食べることがほとんどない我が家では、あまり出番がない。

「さ、できたよ～」

　早苗さんが鍋を持ち上げ、テーブルの中央に置いた。私はおばさんに渡された取り皿やお箸を運ぶ。

「藤間くん、遊んでくれてありがとね」

「あぁ、いえいえ。パズルやったのは久しぶりだったんですけど、凄く楽しかったです」

「もう一回やろうよ～」

すっかり懐いてくれたようで、利久くんが翔太の腕を摑んでゆすった。

「うん、いいよ。じゃーいっぱい食べてからね」

「え～今がいい！」

「こら、ご飯だって言ってるでしょ」

早苗さんに怒られて口を尖らせている利久くんもかわいいけど、この状況、翔太はどうするだろうか。

「パズルって結構頭使うから、ご飯たくさん食べないと上手にできないんだよ」

「そうなの？」

翔太の言葉に、利久くんはかわいらしく小首を傾げた。

「そうだよ。パズルは勉強と同じなんだ。どうしたら早く完成させられるか、進め方をしっかり考えなきゃいけない。だけどお腹が空いてたら頭が働かなくて上手にできないから、まずはご飯をたくさん食べよう！」

拳を突き上げた翔太を、利久くんはポカンと口を開いて見上げた。三歳相手に何を言っているんだと突っ込もうと思ったのだけど、利久くんは「分かった！」と同じように拳を高く上げた。私にはよく分からないけど、男同士何か通じるものがあったのかもしれない。

「さぁさぁ、食うべ」

早苗さんがきりたんぽ鍋を取り分け、おばさんと岩渕さんが「いただきます」と言い、それに続いて私達も「いただきます」と口を揃えた。

母が生きていた頃は月に一回はきりたんぽだったけど、亡くなってからは一度も食べていなかった。きりたんぽを箸でつかんでフーッと息を吹きかけると、立ち昇っていた湯気が左右に割れた。油断したら火傷するほどの熱さなので、何度も息をかけてからゆっくりと口に入れる。

出汁をよく吸っているもっちりと柔らかいきりたんぽは、噛むとすぐにほろほろと解け、出汁のうま味とお米の食感が口の中いっぱいに幸せを運んでくれた。休む間もなくすぐに野菜も口に入れる。ネギとせりのシャキシャキとした食感に心が弾み、舞茸の香りがますます食欲を掻き立てる。そしてなにより、歯ごたえがしっかりあってあっさりとしている比内地鶏は文句のつけようがない。

「はぁ……美味しい」

取り皿の中に入っている、うま味たっぷりの出汁を全て飲み干した瞬間、自然と口から言葉が漏れた。気づけば翔太もすでにおかわりをしていて、無言でひたすら食べている。

母が亡くなってから、こうして大勢で鍋を囲む機会なんてなかった。美味しくて、懐かしくて、温かくて、気を抜いたら泣いてしまいそうだ。みんなで食べるご飯は、本当に美味しい。ひとりで食べるきりたんぽの美味しさが百だとしたら、こうして大勢で話をしながら笑顔で食べるきりたんぽは、五百にも千にもなる。

あれだけ腹を立てていたのに、父と兄にもきりたんぽを食べさせたくなった。母が亡くなってからみんなバラバラの方向を向いていて、誰も私の気持ちを知ろうともしてくれなかったのに、どうしてそう思ってしまうのだろう。

「きりたんぽってつまりはお米なのに、きりたんぽをおかずに白米いけるって凄いよね」

私の心情とは正反対のどうでもいい情報を、翔太はいたって真剣に伝えてくる。

「もう一杯いただこうかな」

四回目のおかわりをした翔太。みんなはもうお腹が満たされたようで、おばさんと岩渕さんはお茶を飲みながら談笑していて、利久くんは早苗さんと一緒に、使った食器をキッチンに運んでいる。

「美味しい」

もう何度その台詞を聞いただろうか。ご飯を食べている翔太を見ているだけで、私の心は綿のように軽くなる。私の中にある虚しさとか寂しさとか悔しさを薄める力を、翔太が持っているからなのかもしれない。


きりたんぽを完食し、私が洗い物を手伝っている間、翔太は約束通り利久くんとパズルで遊んだ。最後にスイカまでいただいて、幸福な夕飯は終わった。スタートが早かったからか、時刻はまだ十八時半を過ぎたところだ。

「今日は本当にありがとうございました」

「初めてきりたんぽを食べたんですけど、すっごく美味しかったです。遠慮せずにいっぱい食べちゃってすみません」

私と翔太がお礼を言うと、「なんもなんも、気にさねでええよ」と、おばさんは微笑んでくれた。その横で、岩渕さんは静かに頭を軽く下げる。岩渕さんはとても寡黙な人だけど、おばさんに見せる笑顔はとても優しい。

「もう帰っちゃうの？」

利久くんが寂しそうに翔太のズボンを引っ張った。

「ごめんな。また絶対に会いに来るから、今日は遊んでくれてありがとう」

翔太は少し腰を屈めて利久くんの頭を撫でた。

「あの、私来週の火曜日に帰るんですけど、その前にもう一回会いたいので都合のいい日に少し寄ってもいいですか？」

「もちろん、それなら月曜日とかどう？」

「はい、分かりました」

「その時に住所も教えてよ。野菜たくさん送るから」

「いいんですか？」

毎年家族で帰省した際は、相馬さんや親戚が必ず畑で採れた野菜を持たせてくれたので、帰る時には車のトランクが野菜でいっぱいになっていたのを思い出す。

「あたり前でしょ。こんなによく食べる彼氏がいるんだから、家の畑で採れた野菜を使って、美味しい物たくさん作ってあげなさい。おじさんと光志くんにもね」

「あ、はい……」

父と兄は、相馬さんの家で採れた野菜で私が料理をして、はたして「美味しい」と言ってくれるのだろうか。父は、私が作った料理よりも……。ダメだ、またあの写真が脳裏にチラついてしまった。

「じゃーまた月曜日ね。藤間くんも、今日はありがとう。智子ちゃんをよろしくね」

「はい！　必ず幸せにします！」

翔太は何を思ったのか、親に結婚の挨拶をするような勢いで頭を下げた。それを見た私と早苗さんは、思わず噴き出す。

「いいね、やっぱいいわ〜」

私は少し恥ずかしかったけど、早苗さんはなぜかとても満足げだった。

外に出ると、昼間の暑さは夕陽（ゆうひ）と共に薄れ、夜の闇が広がろうとしていた。

静かな空の下、無言で歩く私達。ふたりきりになった途端、ずっと気になっていたさっきの会話がチクチクと私の胸を突いてきた。

「あのさ、翔太。早苗さんに聞かれて答えてたあれ、本気でそう思ってるの？」

「あれって？」

「もしも翔太が先に死んだら、他の人と一緒になってもいいから私には幸せになってほしいって言ったこと」

私が少し強めの口調になってしまっても、翔太は顔色を全く変えない。

「本気だよ。何かおかしいかな？」

それなら、翔太も父と同じということになる。相馬のおばさんの気持ちはよく分かったのだけど、翔太と私はまだ結婚もしていない。それなのに、他の人と一緒になってもいいから、などという言葉が躊躇いなく出てしまう気持ちが理解できなかった。

「私が他の人と結婚して幸せになっても、翔太は構わないってことだよね？」

「んー構わないっていうか……、結局願うのは智子の幸せなわけで、俺が幸せにできないなら他の誰かと幸せになってほしいって思うのは、変かな？」

翔太の言っていることは何も間違っていないのだろうけど、本音を言えば、あそこで「死んでも俺が智子を幸せにする」くらいの言葉を言ってほしかったのだ。まるで、会えなくなれば好きだった気持ちもすぐに忘れられると言われたみたいで、嫌だった。

「変とかじゃなくてさ……。もういいや」

父の写真が脳裏に去来する中、私は素っ気ない口調で目を逸らした。

「智子、大丈夫？」

いつもそうだ。こうして私が勝手に苛立って勝手に不機嫌になっても、翔太は不満を口にすることも怒ることもない。それどころか心配までしてくれる。

「別に……」

翔太といると、自分がいかに小さい人間なのかがよく分かる。こんなかわいげのない私と一緒にいて、翔太は本当に幸せになれるのだろうか。

無言で歩いていると、夕闇の中で白く光るヘッドライトが前方から近づいて来た。あまりの眩しさに目を細めた時、私はふと大切なことを思い出した。

「よっちゃん……」

「え？　何か言った？」

「そうだ、私行かなきゃ」

しばらく歩いて駅まで続く大通りに出たところで、私は足を止めた。

また明日も会おうと約束したわけではない。こんな時間なのだから、とっくに帰っているかもしれない。でもなぜか、よっちゃんは私が来るのを待っているような気がした。

「私、友達に会いに行かなきゃ」

「友達？」

「ここに来た日に友達ができたの」

「智子って、旅行先で突然友達作っちゃうようなタイプだったっけ？」

「まさか、初めてだよ。たまたま偶然河原で知り合って。あ、小学三年生のよっちゃんっていうんだけど」

「よっちゃん？」

「そう。お母さんが仕事で忙しいらしくて、夕方になるといつもひとりで遊んでるみたいなの」

「今日も遊ぶ約束してるの？」

「ううん、約束はしてない。だけどもし待ってたらと思うと……」

どうしようもなく心がざわついて、私は両手を胸の前で合わせた。

「じゃあ、早く行ってあげなきゃね」

翔太が私の背中をぽんと軽く叩いた。

「うん、行ってくる。翔太はホテルに戻っててていいから、またあとで連絡するね」

「気をつけて！」

翔太と私は互いに背を向けて、反対の方向に歩みを進めた。私は、たった今歩いた道を再び戻ることになる。

家出している間、川へ向かうこの道を、私はあと何往復するだろう。片側一車線の道路から一方通行の狭い道路、そして砂利道。変わっていく足元に長く伸びていたはずの自分の影は消え、ふと顔を上げると、いつの間にか青黒い夜の空が広がっていた。

当然だけど、川からは昼間のような子供たちの高らかな声は聞こえてこない。街灯もなく闇が一段と深くなる中、川の側まで行くのは危険かもしれないなと思いながらも、慎重に足を進めた。

「さすがにいないか」

小さな声を、暗がりにポツリと落とした。

昼間よりも一層大きく響く川音の他には、カエルや虫の鳴き声しか聞こえない。同じ場所なのに、なんだかとても寂しく感じる。空に浮かぶものが太陽から月に変わるだけで見える景色や色はもちろん、音や香りまで全く異なっている気がするから不思議だ。

明日また来よう。そう思いながら引き返そうとした時、

「ポチャン」

飛び上がった魚の音か、もしくは他の何かか、先ほどまではなかった音が聞こえた。

音の方向に視線を凝らすと、暗闇の中で何かがゆらりと揺れた。

「よっちゃん⁉」

動く影の正体はまだ分からないけど、気づけば咄嗟にそう声を上げていた。

「ともちゃん？」

間違いない。頼りない声が確かに私の耳に届いた瞬間、石に足を取られながら急いで駆け寄った。

こんなにも暗くて危険な場所に、いつからいたのだろう。そう考えるだけで心配でたまらなくなった。もしも私が音に気づかず帰ってしまっていたらと思うと、ゾッとする。

焦ると余計にもつれそうになる足を必死に動かし、くっきりとその姿を捉えた刹那、私は小さなよっちゃんの両肩に手を置いた。

「よっちゃん！　こんな時間に何やってるのよ！」

「ともちゃんだってこんな時間にいるじゃん」

「私は大人だもん！　よっちゃんは子供でしょ？　こんなに暗いんだから、川に落ちちゃうかもしれないんだよ？」

「大丈夫だよ。だって凄く浅いし」

確かにこの辺りを流れる川は浅く、流されるのはせいぜい軽くて薄い葉っぱくらいだろう。でも周りがよく見える時間帯と夜とでは、状況が全く違う。

「この先は深さもあるし流れも早そうだから、暗くて分からないうちに間違って奥に進んじゃうこともあるかもしれないでしょ？」

母が子を叱る時って、こんな感じなのだろうか。それは怒りではなく、よっちゃんの身に何かあったらという恐れからくるもので、つい口調が厳しくなってしまった。

「ともちゃん、怒ってるの……？」

「そうだよ。こんな真っ暗な中、しかも川にひとりでいるなんて！」

よっちゃんがいるような気がしたからここに来たのに、本当にいたら怒るなんて自分勝手だ。

「だけど、無事に会えてよかった。迷子にならなくて、誘拐されなくて、川に落ちなくて、本当によかった」

激しく鳴っていた鼓動が少しずつ落ち着きを取り戻すと、安堵からくる涙を堪えながら、よっちゃんをそっと抱きしめた。小さくて細くて、ちょっと力を入れたら折れてしまいそうだ。

私がよっちゃんくらいの歳の頃、友達に意地悪をされて泣いて帰った時は、母がこうして私を抱きしめてくれた。抱きしめられると、とても安心できた。凄く悲しかったのに、それだけで痛みは消えてなくなったんだ。

「ともちゃん？」

耳元によっちゃんの声が響き、私は慌てて体を離した。

「あっ、ごめんね。ビックリしたよね。安心したら思わず抱きしめたくなっちゃって」

「平気だよ。本当はともちゃんが来なかったらどうしようって思ってて、ここら辺がキューッてなってたんだけど、もう治った！」

胸に手を当て、灯りがともったような笑顔を見せるよっちゃんを前に、私も安心しきった笑みをこぼす。

「ともちゃん、わたしのこと好き？」

「うん、もちろん好きだよ」

「好きなのに、怒るのはどうして？」

素直な疑問を口に出し、無垢な表情で私を見上げた。

「それはね、好きだから怒るの。よっちゃんが心配だから、怒るんだよ」

「そうなの？　だったら嬉しいな～。好きって言われるの、すっごく嬉しい」

私の顔を見つめるよっちゃんの清らかな瞳は暗闇の中でも輝いていて、とても愛おしく感じる。

「よっちゃんのお母さんだって、時々怒るでしょ？　それと同じだよ」

私が言うと、唇を軽く噛みながらふと視線を足元に落としたよっちゃんの笑顔から、突如として色が消えたように思えた。

「わたし……怒られたことないよ」

「……えっ？」

「伯母さんはしょっちゅう怒るけど、お母さんには怒られないし、ともちゃんみたいに抱きしめてくれないよ。それって、好きじゃないってことかな？」

「あ、えっと……それは違うよ。なんていうか、愛情表現は人それぞれだし、私はたまたまそうだってだけで、よっちゃんのお母さんはきっと違うよ」

何が違うというのだろう。自分で言っていてわけが分からなくなった。しどろもどろで、まるで説得力がない。

「よっちゃんは、お母さんのこと好き？」

「好きだよ」

悩むことなく答えてくれて、少しだけホッとした。でも、母親が抱きしめてくれないし怒らないというのは、どういうことなのだろう。会うとよっちゃんはいつも明るく笑っているし、悩んでいる素振りも全くなかった。子供の考えることだから、大人には分からないよっちゃんなりの抱えている思いがあるのか。

「ともちゃんはお母さん好き？」

　今度はよっちゃんが問いかけてきた。

「大好きだよ」

　そう言うと、鞄の中に入っているスマホが短い音を鳴らした。音量は小さいはずなのに、夜空の下だとどういうわけか通常よりもうるさく聞こえる。

　私は「ちょっとごめんね」とよっちゃんに言ってから、確認した。

「え～？　それな～に⁉」

　よっちゃんは無邪気で甲高い声を上げながら、私の手元を覗き込んだ。

「あぁ、これ……私のお父さんなんだけどね」

　写真には、ビールを片手に満面の笑顔を浮かべている父が写っている。隣にはもちろん、またあの人がいた。懲りずに繰り返し送ってくるのは、私が返信しなかったからだろう。そして、ふたりの関係を認める言葉を欲しているのだと思う。たとえそうだとしても、私は何も言うつもりはないし、かと言ってこれからも度々こんな写真を送りつけられるのは迷惑だ。

「お父さんの写真？　すご～い！　ともちゃんのお父さんなら、この人はお母さん？」

「違うよ、全然違う！」

子供の疑問に対して、大人げなく食い気味に答えてしまった。

「違うの？」

「うん。私のお母さんはね、天国にいるんだ」

「死んじゃったの？」

「そう。二年前にね」

「そっか、じゃーちょっと似てるね。わたしの家はね、お父さんがいないんだよ。最初からいなかったんだけどね」

よっちゃんが「お父さん」と一度も言わない理由は、そういうことだったのか。

よっちゃんはまだ子供だし、父親がいないことできっと寂しい思いもしたのだろう。それに、母親に抱きしめてもらえないというさっきの言葉がどうにも気になった。

「じゃーさ、この女の人は、ともちゃんのお父さんのお友達？　それとも恋人？」

「えっ、こ、恋人って……」

なるほど、今の子供は三年生になればそういう言葉も普通に使うのか。よっちゃんが大人びているというのもあるかもしれないけど、私がよっちゃんくらいの時は、まだ恋人だの彼氏だのは考えたこともなかったし、ましてや口に出して言うこともなかった。

「いや、なんていうか……もう思いっきりおじさんなのに、彼女とかほんとナイよね」

「ないって？　どういう意味？　いないってこと？」

純粋な目で私を見つめながら、疑問を素直に問いかけてくる。教育的なことを考えたら、これは事実を話してもいいのだろうかと悩むけど、でも嘘（うそ）をついて誤魔化すのも違う気がする。

側にあった大きくて平らな石の上によっちゃんを座らせ、私はその隣にしゃがんだ。

「お母さんが死んじゃって二年しか経ってないのに、恋人がいるっていうのは信じられないっていう意味だよ」

「どうして信じられないの？　お父さんにはお母さんがいるから、恋人がいたらダメってこと？　でも、ともちゃんのお母さんは天国なんだよね？」

「えっとね、ダメではないんだ。お母さんはもういないから、お父さんは別の人を好きになっても法律的には問題ないんだけど」

「法律？」

「んと、なんて言えばいいかな。側にいなくても、私はずっとお母さんへの想いは変わらないのね。だけど、お父さんはお母さんのことを想ってないっていうか、お母さんの気持ちを考えたら恋人を作るのはおかしいんじゃないかな？　って思うの」

よっちゃんには少し難しかったのか、腕を組んだまま「ん～」と言って首を捻った。

「ともちゃんは好きな人いないの？」

「えっ？」

想定外の質問に驚いたけど、よっちゃんはいたって真剣に聞いているようだ。答えを求めてしっかりと私の目を直視している。

「私は……いるよ」

「いるの？　わたしはいないんだけど、好きな人がいるって楽しい？」

「そうだね、楽しいよ」

「じゃーさ、ともちゃんのお父さんも、楽しいんだよ」

「ん？」

「お母さんが死んじゃうのはすごく悲しいし寂しいけど、ともちゃんには好きな人がいるよね？　それと同じで、お父さんも恋人がいるからこんなに笑ってるんじゃないかな？」

私は、送られてきた父の写真をもう一度見た。垂れた目尻はシワだらけで、歯を見せて笑っている。どこがスタローンだって思うほど随分歳を取ったけど、楽しげな父の気持ちがこの一枚の写真を見るだけで伝わってくる。

「この人がいなかったら、ともちゃんのお父さんはどうだったかな？」

私は翔太に出会えたから、今は笑っていられる。毎日毎日「夢でありますように」と願っていた日々を、抜け出すことができた。だけど父は……。


〝愛せていただろうか〟

葬儀が終わって三人で家に帰った日、リビングでお酒を飲みながら泣いている父の背中は、とても小さく見えた。それだけで、母への愛情が痛いほど伝わってきたんだ。父は間違いなく母を愛していた。だから私は、父を支えなければいけないと思った。全て母に任せきりでなんにもできない父にお金の下ろし方を教えて、使いすぎてしまう父の給料を私が管理してお小遣いを渡し、飲みすぎて帰れなくなった父をタクシーで迎えに行き、兄は時々父の晩酌（ばんしゃく）に付き合うようにしていた。

だけど、私達子供ではどうしても埋められない寂しさが、父にはあったのかもしれない。

「わたしにはお父さんがいないけど、お母さんが誰かを好きになって結婚してくれたらいいなって思うよ。だって、お母さんが幸せならそのほうがいいし」

よっちゃんの言葉が、私の心を覆っていた黒い霧を吹き飛ばし、分からなかった父の気持ちが形となって、パチンと胸の中にはまった気がした。

父は、誰かが側にいないとダメになってしまう人だ。それはきっと、私達じゃない。悔しいけど、私は娘だから母の代わりにはなれない。心のどこかで分かっていたのに、それを認めたくなくて意地になっていた。

父を好きになってくれて、こんなにも父を笑顔にしてくれる人がいるのなら、私はその人に感謝をしなければいけなかったんだ。

「ともちゃんは、お父さんが大好きなんだね」

「大好き……なのかな?」

そこは恥ずかしくて素直に頷けないけど、大切な親であることに変わりはない。
昔は頑固で亭主関白で面倒くさい父だったけど、歳を取って丸くなった父は、意外に天然でかわいいところもある。そんな父の記憶が、突然ふっと頭の中に浮かんできた。

中学生の時だったか、家族四人、自転車で焼き肉を食べに行った帰り、一番前を走っていた母が突然飛び出してきた車にひかれそうになったことがあった。幸い転んだだけだったけど、その時父は自分の乗っていた自転車を放り出し、母の元へ駆け寄った。そして降りてきた運転手に、『何してんだ！　ここは一時停止だろ！』と、もの凄い剣幕で怒っていた。あんなふうに他人に怒鳴る父を初めて見た私はとても怖かったけど、母を想っているからこその行動だったと分かる。

母のことは今もなお、変わらず大切に想ってくれているはずだ。だけど、父には父の幸せがある。相馬のおばさんもそうだったように、ずっと悲しんで亡くなった人を想い続けることが、母のためだとは限らない。

もしも再婚することになっても、父の相手のことを「お母さん」とは絶対に呼べない。でも、「父をよろしくお願いします」と言うことはできる。

「よっちゃん、ありがとね」

「何が？」

　ふたりで立ち上がって砂利道を歩きながら言うと、よっちゃんは不思議そうに小首を傾げて私を見上げた。

「なんだろうね。分かんないけど、よっちゃんと話してると自分の気持ちに素直になれるんだ。よっちゃんが素直でいい子だからかな」

「そんなことないよ」

　嬉しそうにはにかみながら頬を緩めたよっちゃんの頭を、私は優しく撫でた。

　こんなにいい子なのに、母親はどうして抱きしめないのだろうか。よっちゃんは本当に、抱きしめられたことがないのか……。

「あのさ、よっちゃ……」

「あ〜!!」

　川沿いの道に出たところで、よっちゃんが突然大声を上げた。そして、よっちゃんが指差した道の先から誰かが走ってきたので、私はジッと目を凝らす。

「こらっ！　こったら時間まで何してらの！」

　白いエプロンを着けた三十代くらいの女性が近づいてくると、よっぽど心配しているのか、私の存在に気づくことなく血相を変えてよっちゃんを叱った。

「あの、すみません。私がもっと早く送ってあげればよかったのに」

頭を下げた私にようやく気づいた女性は、当然ながら疑いの目を向けてきた。

「私、田村智子っていいます。二日前に東京から鹿角に来たんですけど……」

「ともちゃん、すごく優しいよ。伯母さんの家で勉強したあと川で一緒に遊んでくれたの。今日はわたしが勝手にともちゃんを待ってただけだから、ともちゃんは悪くないよ」

この人が、よっちゃんの伯母さん？　よく見ると、目元が少し似ている。

「そうだったんだが。ご迷惑おがげしまして」

よっちゃんから私に視線を移した伯母さんが、頭を下げた。

「迷惑なんかじゃないです。こちらこそ、本当にご心配かけてすみません。暗くなっていたのでもう川にはいないかなと思ったんですが、念のため見に来てみたらよっちゃんがいたので。すぐに送ってあげるべきでした」

「いえ、申し訳ねぇ。暗ぐなる前さ帰るように強ぐ言ってらがら、今日も家さ帰ってらで思ったんだども」

伯母さんは、よっちゃんの肩を抱きよせながらため息をついた。

年齢が上にいくほど訛（なまり）は強く、早苗さんのような若い世代はほとんど標準語に近いのに、よっちゃんの伯母さんは歳のわりにとても訛っていて内心少し驚いた。

「家さ行ってみだらいねぁがら、もう驚いだよ。ちゃんと帰らねばダメだべ」

伯母さんに注意され、よっちゃんは「ごめんなさい」と小さく呟く。自分が悪いと分かっていても、ちょっとだけ納得いかないような顔で唇を尖らせているよっちゃん。まるで子供の頃の自分を見ているようで、少しおかしかった。

「さ、帰ってご飯食うべ」

「……うん。じゃーね、ともちゃん。また明日」

「バイバイ、また明日ね」

私とよっちゃんは、初めて明日の約束をした。手を繋いで歩く二人のうしろ姿を見守っていると、急によっちゃんが振り返り、私のほうへ駆け出してきた。

「どうしたの？」

少し屈んで私が聞くと、よっちゃんは「ね、伯母さん怒るでしょ」と、私の耳元で囁（ささや）いた。

「本当だね」

子供にとって怒られるというのは嫌なのかもしれないけど、伯母さんのそれは、間違いなくよっちゃんが愛されているという証拠だ。

「あのさ、あともうひとつ言い忘れてたんだけど、ともちゃんはさ、心配だからわたしのこともお父さんのこともお兄ちゃんのことも怒ってたけど、たまには信じてあげたらいいと思うんだ」

「えっ……？」

「わたし、これからひとりの時は暗くなる前にちゃんと帰るよ。だから、ともちゃんには信じてほしい」

まさか九歳の子にそんなことを言われるとは思っていなかったので、驚いた。父や兄に言われたら反発していたかもしれないけど、よっちゃんの言葉ならすんなり受け入れられる。

「分かった。信じるよ。明日は四時くらいでいい？」

「うん。いいよ！」

私が両手の平を前に出すと、よっちゃんはそこに自分の両手を勢いよくパチンッと合わせた。

ふたりが吉田のおじちゃんの家を曲がって姿が見えなくなったのを確認したあと、私もホテルに向かって歩き出す。疲れたので今日こそはタクシーを拾おうと意気込んだのに、そういう時に限ってなぜか全然タクシーが通らない。わざわざ電話で呼ぶのも面倒だし、結局諦めて歩いて帰ることにした。

道中、ホテルに向かっている旨を翔太にＬＩＮＥで伝え、ずっと返信していなかった父にも送った。

【楽しそうだね。今度その人紹介して】

すると、五分もしないうちに返信が届いた。

【分かった。今度一緒にご飯食べよう。お土産、お酒のつまみがいいな】

お土産って……、言ってないから仕方ないけど、一応家出なんだけどな。でも、まぁいいか。ご希望通り、お酒にも合う鰤の干物でも買ってあげよう。

第四章　私の恋人

四日目の朝を迎えた。正直、四日目とは思えないほど長く鹿角にいるような気がするけど、帰るまであと三日だと思うと、早すぎる。そんなことを考えながら仰向けに寝転んだ私は、朝食で満たされたお腹を触る。

【あのさ、智子の家出が終わって無事に帰ってきたら、挨拶に行ってもいいかな？まだ学生だし結婚とかそういうことじゃなくて、付き合ってることだけでもキチンと挨拶しておきたいんだ】

昨日の夜、翔太からこんなＬＩＮＥが届いた。

真面目な翔太らしい考え方だ。母にはよく恋の相談をしていたけど、娘の恋愛事情を全く知らない父は、はたしてどんなリアクションを取るのだろうか。「認めない！」とか言うのか、それともあっさり容認するのか。恋人ができた今の父なら受け入れそうだけど、でも挨拶をするとなると、なんだが同棲や結婚がグッと近づいてしまう気がした。

【ごめん。挨拶はもう少し待って】

私が返信すると、翔太は【分かった、ＯＫ！】と、いつものようにすんなり受け入れてくれた。

申し訳ないと思いつつも、私の心にある漠然とした不安がクリアされない限り、適当なことは言えない。かといっていつまでも曖昧にして待たせるわけにはいかないから、自分の気持ちとしっかり向き合わなければいけないのだけど……。

朝食の前に翔太に送った【おはよう】というＬＩＮＥは、まだ既読になっていない。翔太は今日帰るので、このあとどうすべきか考えながらしばらくテレビを見ていたのだけど、いっこうに既読は付かなかった。

時刻は十時。翔太は朝が弱いので、まだ寝ている可能性もある。電話をかけたけど、何度か呼び出し音が鳴ったあと「電話に出られません」というアナウンスが流れた。

「なんでよ」

その後、幾度となく電話を鳴らしたけど、翔太は出ない。五回十回とかけるうちに胸の中がざわつき、その波が次第に大きくなっていくのを感じた。私は電話をかけ続けながら、翔太の泊っているホテルに向かった。

フロントで問い合わせたのだけど、個人情報の関係なのか部屋番号など詳しくは教えてくれなかったが、部屋の鍵を預けているということだけは分かった。つまり翔太は私に連絡もせず、勝手にひとりでどこかへ行ってしまったということになる。十九歳で行方不明とか、勘弁してよ。まさか、昨日私が少し嫌な態度を取ってしまったから、怒ってる？　でも、翔太に限ってそれはないか……。

そう思いながらも、平静を保とうとしている自分の心の天秤が徐々に不安へと傾いていることに気づいた。得体の知れない恐怖心が、私の中で不穏な動きをしている。誰かに強く握られているかのように心臓が痛み、冷や汗が流れる。

呪文のように大丈夫だと繰り返しても、襲ってくる不安。こんな気持ちになったのは、〝あの日〟以来だった。

「どこにいんのよ！」

思わず言葉を吐き出した時、翔太の声が頭の中をスッと通り抜けた。

『行ってみようかな……』

昨日、十和田湖の青い石の話をした時、翔太は確かにそう呟いていた。だけど……いや、まさか。そうだとしても、私に連絡をしないのはおかしいし、いくら電話をしても出ないというもの変だ。でも、このまま待っているだけなんて、今の私には耐えられそうもない。取り越し苦労でもいいから、とにかく一秒でも早く安心したかった。

駅前にあるレンタカー店に急いで向かうと、運よく空きがあったため、予約なしで当日利用ができた。白いコンパクトカーに乗り込んだ私はナビを十和田湖に設定し、焦る気持ちを抑えながら安全運転で走り出す。

長い一本道が延々と続く間、余計な焦燥感に駆られてハンドルを握る手が自然と強くなる。

国道に沿って並ぶ青々とした木々の光を浴びながら、変わらない山の景色の中をただひたすら走らせること一時間。目的地の十和田湖駐車場に到着した。

いるわけがないと思いながらも、探すことにした。駐車場から真っ直ぐ進むと、右側にバス停が見えてくるこの通りは、お土産屋や飲食店が多くてとても賑わっている。少なくとも、私の記憶の中ではそうだった。けれど今は、シャッターを閉めたままのお店がたくさんある。それに、宿泊施設の名前は残っていても、明らかに営業していない閉鎖されたホテルや民宿ばかりだった。

かつての賑わいが失われたこの場所で、私はとにかく目を光らせて走った。ぐるぐると何度も同じ場所を行ったり来たりしながら、開いているお店があれば入って中を見回したりもしたけれど、翔太はいない。

お土産屋の通りを出た私は、今度は十和田湖畔に沿って続いている道を走った。まさかこんなところにいるわけがないと思いつつ、いてほしいと願いながら必死に探した。観光客がのんびりとした時間を過ごす中、私だけがまるで得体の知れない何かに追いつめられているかのようだ。自分でもおかしいと思うけど、迫られるようなこの焦りは、どうしたって止められなかった。

途中何度もスマホを確認したけど既読は付かず、やはり電話も出ない。

「お願いだから、早く電話してきてよ」

独り言の域を超えて呟きながら十和田湖畔を探していると、大きく見開いた私の双眸(そうぼう)が、いつもの見慣れたその姿を捉えた。気のせいだろうかと一瞬思ったけど、間違いない。心臓がドクンと跳ね上がり、その場に座り込んでしまいそうになった。

「翔太……」

自分が呟いた言葉に、自分でも信じられないくらい安堵し、その反動で涙が溢れそうになった。視線の先にいる翔太は私に気づくことなく、ひとりでしゃがみ込んでいる。

翔太となら、結婚してもずっと変わらずに笑っていられるかもしれない。翔太ならきっと、本当は全然しっかりしてない私のことも、家事は料理しか得意じゃない私のことも、調味料は目分量で時々キャベツを手でちぎるようなガサツな私も、受け入れてくれる。

でも私が悩んでいるのは、そういうことじゃないんだ。

私は駆け出し、翔太のうしろに立った。それでもまだ、翔太は気づかない。

「翔太！」

私が呼ぶと、翔太はビクッと分かりやすく肩を震わせ、振り向いた。

「あ、智子」

「智子、じゃないよ！　どういうこと？　何度も何度も電話したのに出ないし、なんで勝手にひとりでこんなところに来てるのよ！」

動揺を悟られないように、できるだけ落ち着いた声で言っているつもりだったけど、一度感じた不安や焦りをすぐに静めることはできなかった。

「ごめん、実はスマホをホテルに置き忘れてきちゃって、タクシーに乗ってからそのことに気づいたんだ。二十分くらい走っちゃってたし、戻るのもあれだなぁと思って……」

「だったら、なんで出発する前に教えてくれなかったのよ！　ＬＩＮＥでひと言送れば済む話でしょ？」

友達が聞いたら、おかしいと笑うかもしれない。この歳で迷子になった彼のことではなく、この歳でここまで不安になってしまった私のことを、みんなはきっと心配しすぎだと笑うだろう。だけど、違うのだ。他人から見たらどうってことない些細なことでも、私の心はいとも簡単に不安と恐怖に支配されてしまう。

「心配かけてごめんね。内緒にしたかったっていうか、驚かせたかったんだ……」

「驚かせるって、何が？」

「青い石。昨日話してたでしょ？　見つけて智子にあげようって思ったから」

やっぱりそうだった。まさかとは思ったけど、翔太はそのまさかを突然やるような人だ。青い石なんて、それっぽいものは探せばきっとどこにでもある。ただの作り話かもしれないのに、わざわざ私に内緒にしてまでひとりで十和田湖に行って……。

「本当にごめんね。でもこれ、見て」

差し出した翔太の右手に、指先で摑めるほどの小さな青い石がのっていた。私が想像していた、普通の石に少し青が混ざったようなそんなものではなく、透き通るような青色だった。誰かがガラスで作ったそれをわざと湖畔にばら撒いたのかと思うくらい不自然で綺麗な青い石。

「凄いよね！　これがその青い石かな？　多分そうだよね。うん、きっとそうだ」

嬉しそうに話す翔太の顔を見ても、私はすぐに笑うことができなかった。

「はい、智子にあげる」

「……ありがとう」

私は翔太から青い石を受け取った。普通にしようと思っているのに、どうしても抑揚のない平坦（へいたん）な口調になってしまう。

連絡くらいはしてほしかったけど、翔太は私のためにこれを見つけてくれた。悩んでいた私を元気づけようとしてくれていたんだと思う。それは分かっているのだけど、やっぱり笑うことができない。

「連絡しなくて本当にごめんね」

翔太が申し訳なさそうにそう言った。

今回のことで、心の中にあった翔太に対する漠然とした不安の正体があらわになった私は、それを言うべきかどうか悩みながら「別にもういいよ」と返す。

「せっかくだから、ちょっと歩こうよ」

いつもの笑顔を見せながら、翔太が私の手を握った。

「うん……、そうだね」

湖に沿って無言で歩いていると、道の先に乙女の像が見えてきた。

いつまでも悩んでいないで、早く気持ちを切り替えよう。来年、再来年と、またふたりで来られるという保証はない。あたり前だった日々が、突然あたり前でなくなることだってあるんだから。

「あれが乙女の像だよ」

私は指を差しながら翔太に教えた。十和田湖の湖畔に置かれている乙女の像とは、裸の女性ふたりが向かい合って左手を合わせている二メートルほどの銅像だ。

「乙女の像か、初めて見たよ」

翔太の視線を感じたけど、私は前を向いたまま、出来る限り平静を装って喋り続ける。

「十和田湖のシンボルなんだって。小学校低学年の頃はさ、兄と一緒になってこの銅像意味わかんないね〜とか言いながらよく笑ってた。でも高学年になると、裸の女性っていうのがなんか恥ずかしくて、わざと見ないようにしたり、近づかないようにしてたんだ」

「そっか。この乙女の像にも、智子の思い出がたくさんあるんだね」

しばらく眺めたあと、翔太が「少し座ろう」と言って乙女の像と湖の間にある段差に腰を下ろした。横を見ると、他にも何人か湖を眺めながら座っている人がいたり、湖畔を走り回っている子供もいる。

「昨日はよっちゃんに無事に会えたんでしょ？　楽しかった？」

「うん、楽しかったよ。まさかあの時間に本当にいるとは思わなくて驚いたけど、会えてよかった」

「夜の川で女子会っていうのも新しいね」

「確かに。ずいぶん語ったからね。よっちゃんてさ、表情とかリアクションはやっぱり子供なんだけど、言うことは時々すごく大人びてたりするの」

「でもさ、女の子って、基本男より大人だよね。小学生の時なんか、男は真っ直ぐな道さえあればとにかく走るし、休み時間はアホみたいに鬼ごっこでしょ？　でも女子は流行りの音楽とかアイドルの話をしてたもんな。若いうちから精神年齢の差があるんだよ、きっと」

「そうだね。私も小学生っていうか、中学くらいまでは男子がすっごく子供に見えたもん。だけどよっちゃんはそういうんじゃなくて、なんていうか……よっちゃんの言葉は本当に素直に私の心に響くの。自分でも気づかなかった気持ちを自然と引き出してくれるって言うか」

「そうなんだ。家出先で友達ができるなんてなかなかないだろうから、よかったね」

翔太の言葉に軽く頷き、向かって左側の湖上に浮かぶ美しい小島〝恵比須大黒島(えびすだいこくじま)〟をひとしきり静かに眺めていると、暖かい風が私達の間を通り抜けた。

「なんか面白いよね」

沈黙を先に破った翔太に、私は「何が？」という視線を向けた。

「だってさ、この湖って秋田県と青森県の両方にまたがってるんでしょ？」

「そうだね」

「どう見ても同じ場所に見えるのにあっちは秋田、こっちは青森。違う県だけど、繋がってるんだなって」

あたり前のことを言っているだけなのに、翔太はいたって真面目な面持ちで前を見据えている。

「形とか中にある物とか人とか喋り方とか食べ物とか、それぞれ特徴は違っても、隣り合わせの県はピッタリ合わさるじゃん」

「繋がってるんだもん、当然でしょ？」

「そうだけど、絶対に繋がってるって分かってるのに、離れているような気がする時ってない？」

それは、私と家族のことか、それとも私達のことなのか……。

「あのさ、俺、智子の本当の気持ちが知りたいんだ」

「本当の、気持ち？」

「うん。ほら、俺って頼りないじゃん？　だから、そういうところが嫌ならハッキリ言ってほしいし、他に気になるところがあるなら……」

「違うの。そうじゃない。翔太は何も悪くない」

翔太との関係を一歩前へ進められないのは、私のせいだ。今日のように、大袈裟と思われるくらい焦ってしまうのも、私自身のせいだ。私の心が、記憶が、勝手に不安を煽ってくる。

「私のお母さんが生きてたら、翔太のこと、凄く気に入ってくれたと思う」

「そうなの？」

「うん。私には分かるから」

母は常々言っていた。『結婚するなら優しい人にしなさい』と。まだ私が中学生で、彼氏ができる気配なんて全くない時から言われてきた。高校生になって初めて彼氏ができた時、まず最初に母が聞いてきたのは『優しい人なの？』だった。だから、母にとって優しさは一番重要なことだったのかもしれない。その点、翔太は百点満点の合格をもらえるはずだ。自信がある。

そしてもうひとつ、母は面食いだった。テレビでイケメン俳優を見ては、かっこいいと言っていた。中学の時なんて、授業参観で私のクラスのイケメン男子を見て、『お母さんはあの子がいい。智子はあの子好きじゃないの？』と危うく誘導されそうになった。だからきっと、そのふたつの要素を兼ね備えている翔太のことを、母は絶対に好きになるはずだ。

「嬉しいな。智子のお母さんに気に入ってもらえるなんて」

翔太を見て母が喜んでくれたら、私も嬉しい。だけどそれは、母が生きていればの話だ。

「ごめんね……」

「どうした？　なんで謝るの？」

「翔太は何も悪くないのに、私がダメだから……」

「ダメって？」

「ダメなんだ。思い出すの。怖くて、翔太との明るい未来を考えると楽しいよりも〝怖い〟が先にきちゃうの。あの日、私が……」

＊

亡くなる前日、母は体調不良で仕事を早退してきて、家には私だけがいた。

『なんか頭痛くて』

母は頭痛持ちだったため、よく頭が痛いと言っていた。そのたびに病院を受診するように勧めるも、病院嫌いの母は頑なに行かなかった。そんな母が珍しくこう言った。

『明日病院行ってみようかな』

『だから行きなって、もう前から言ってるじゃん。明日絶対に行かなきゃだめ』

『分かった。頭痛いんですけどって言えば大丈夫かな？』

いつも強いはずの母が、まるで初めて病院にひとりで行く子供のように聞いてきた。

『多少大袈裟に言ったほうがいいよ。そしたら検査してもらえるから。立つのもつらいとか言っちゃって大丈夫』

『うん、そうする。ちょっと今日は具合悪いから、もう寝るね。ご飯は適当にある物で作るか、買ってきてくれる?』

『いいよ。お父さんには連絡しておくから』

『ごめんね、智子。おやすみ』

『おやすみ』

明日病院に行けば、検査してもらえてきっと安心できるし、薬で頭痛もよくなる。それ以外のことなんて、考えなかった。これまで普通に普通の人生を生きてきた私に、それ以上の事態が訪れるなんて予想できるはずがない。母の身に何が起こるのかなんて、分かるはずない。

これが、母との最後の会話になるなんて、思うはずがない……。

翌朝、私は部活の練習があるため早起きをしなければいけなかったのだけど、眠くてなかなか起きられずに布団の中でうずくまっていた。すると、

『……子。……智子、起きなさい』

私を起こす母の声が聞こえた。

それでも私は目を瞑ったまま布団をかぶり、五分ほど経過したところでようやくのそのそと起き上がる。

リビングに向かうと、起こしてくれたお母さんは隣の和室で再び眠りについてい

る。昨日頭が痛いと言っていたから、まだ具合が悪いのかもしれない。

今日は土曜日なので、父も兄もまだ眠っている。ふと見ると、テーブルの上には淹れたてのカフェオレが置いてあった。母が淹れてくれたものだ。

みんなが寝ている静かな家の中で、私はカフェオレを少しずつ飲んだ。ふーっと息を吐きながら、ゆっくり。

その時、父と母が寝ている和室から、聞いたことのない音が聞こえてきた。私は徐に動き、和室の様子を覗いた。その音は、母から出ている音だった。

イビキかと思ったのだけど、どこか変だ。鼻に何かが詰まったまま「ガーッ、ガーッ」と唸る獣のような大きな音に心臓が締めつけられ、息苦しさを感じた。

そっと近づいて母をよく見た瞬間、全身の血が逆流するかのような恐怖心に襲われ、無意識に呼吸が乱れる。目を瞑っている母の顔はいつもより白っぽく、開いたままの口は固定されているかのようにピクリとも動かなかった。

『お母さん？』

震える手を伸ばし、母の肩を揺すった。

『お母さん！』

今度はもっと強く。だけど、体が揺れるだけで反応がなく、目も鼻も口も全く動かない。そっと手を触ると、血の通っていない人形のような冷たさが私の手に伝わってきた。

どうして……？

体の中を戦慄（せんりつ）が突き抜け、喉が塞（ふさ）がったように声が出なくなる。

何がなんだか分からないけど、でも、このままじゃ……。

『お、お父……さん』

微かな声を漏らしながら強張（こわば）る腕を無理やり運び、隣で眠っている父の布団を叩いた。

『お父さん！』

私の声に驚いて飛び起きた父に、伝えなければと必死に唇を動かす。

『お父さん、お母さんが……お母さんが……』

私の様子に何か深刻なことが起きていると気づいた父は、母の側に行って『お母さん』と声をかけた。

『お母さん！』

体を揺すりながら何度も呼ぶけど、やはり起きない。父は母の頬を触り、首を触り、手を触った。

『冷たい……お母さん、冷たいよ。きゅ、救急車、救急車呼んで！』

私は急いで電話をかけた。立っていられない震えを必死に耐えて、ちょっとでも力を抜いたら倒れてしまいそうな体を気力だけで支えた。

電話をかけ終わった私は、兄を起こした。救急車を待つ間、父は必死に心臓マッサージをしていた。私と兄は、そのうしろでただ静かに待つしかなかった。唐突すぎて、考えれば考えるほど混乱してしまうから。

救急車が来て病院に行き、母が運ばれた部屋の前に座って待つ間も、大丈夫、絶対に助かると、ひたすら祈り続けた。

どうかお願いします。母を連れて行かないでください。母がいなかったら、私達はダメなんだ。母がいなければ父は何もできないし、兄はきっと心を閉ざしてしまう。私は、生きていけない。私達家族は、母がいるから明るく笑っていられる。悲しいことがあっても、母がいたから元気になれた。家族のために毎日頑張っていた母を、私達から奪わないでほしい。世界で一番大切な人を、どうか……。

ずっとずっと、祈り続けた。だけど、母の心臓が再び動き出すことは、なかった。眠るように死んでいる母の手を三人で握り、『お母さん』と何度も呼びかけた。

こんな未来、一ミリも想像していなかった。平凡な私の人生の中で、こんなにも苦しくてつらくて悲しいことが起こるなんて、思っていなかった。今日もあたり前に明るい朝を迎えられるのだと思っていた。

こんな思いは、もう二度としたくない。

*

「翔太となら幸せな日々が送れると思う反面、いつかまた、大切な人を亡くすんじゃないかっていう恐怖が、常に私の中にあるの。だから……」

翔太と同棲して、結婚して、子供ができて、普通の幸せが訪れたあとで、突然また悲しみの中に突き落とされるくらいなら、最初から幸せなんてなければいい。そのほうが、苦しくない。

「だから、俺との未来は考えられない？」

「考えられない……わけじゃないよ。だって、絶対楽しいもん。だけど……」

「俺は死なないよ。絶対とは言い切れないけど、死なないように頑張る」

「でも、そんなの分かんないじゃん」

「うん、分かんない。でもさ、それはみんな同じでしょ？　ほら、あそこにいる家族だって、死ぬかもしれないと思いながら笑ってるわけじゃないよ、きっと」

翔太の視線の先には、小さな男の子と追いかけっこをしている父親の姿があった。それを、少し離れたところから母親らしき人が見守っている。とても幸せそうに、微笑みながら。

「死ぬかもしれないって思いながら生きるなんて、つまらないよ。俺は、常に未来の自分を想像しながら、その一瞬一瞬を大切に楽しく生きていたいし」

「そうだけど、分かってても勝手に不安になっちゃうんだよ」

さっき翔太と連絡が取れなくなった時に感じた不安、それが全てだ。

「もしもこの先一緒に住んだり結婚したら、連絡取れなくなるだけで何かあったんじゃないかって凄く不安になる」

「うん、そしたら何度も連絡すればいいよ。すぐに出られなくても、必ず連絡する」

「毎日そうするかもしれないよ」

「いいよ。毎日でも二時間ごとでも一時間ごとでも、安心するまで何度だって」

「絶対だんだん面倒くさくなるよ。それで喧嘩になって、翔太が怒って……」

自分で言いながら、そんなことで怒る翔太の姿は少しも浮かんでこなかった。

「怒るわけないじゃん。智子がどんな気持ちでいるのか、どれだけ悲しかったのかを知ってるんだから」

「だ、だけど……翔太だけじゃなく、もしいつか子供ができたら、子供のことも過剰に心配しちゃうかもしれない」

「いいじゃん、親なんだから。智子のお母さんだって、きっと智子のことをたくさん心配してきただろうし。どうしても不安で心配しすぎちゃう時は、俺がなんとかするよ」

「……なんとかって？」

「んー、それはその時になってみないと分からないけど、とにかく俺のことを信じてほしい！」

翔太にそう言われ、私は昨日のよっちゃんの言葉を思い出した。

『たまには信じてあげたらいいと思うんだ』

『ともちゃんには信じてほしい』

信じる……。

「あのさ、私、これからも些細なことで不安になると思うんだ。絶対に。だけど、そうなった時、翔太には……」

「俺、普段あんまり何も考えてないっていうか、能天気っていうか、良く言えばポジティブだと思うんだ。だから、智子の不安は、俺が全部受け止めるよ」

自分で言った直後に照れ笑いを浮かべたけど、そんな彼が、私には誰よりも頼もしく思えた。

「それに、俺のことを心配してくれるってことはそれだけ好きってことだと思うから、俺は嬉しいよ。ていうか、結婚して三年くらいしたらぜーんぜん心配しなくなるかもよ？　もしくは【牛乳買ってきて！】っていう業務連絡のみになるとか」

そう言って笑う翔太を見ていたら、不安の影が少しずつ薄れていき、私までなんだか笑えてきてしまった。

「ありがとう、翔太」

まだ大学二年の私達は、この先必ずしも一緒にいるとは限らない。お互い別に好きな人ができるかもしれないし、私が突然英語を学びたいと言って海外に移住するかもしれないし、翔太が突然人生の全てを食に捧げると言い出すかもしれない。未来なんて、どうなるか分からない。

だけど願わくば、私は幸せな未来だけを見続けていたい。悲しい未来なんて、考えたくない。不安な思いなんてしたくない。そんな未来を、翔太と叶えられたらいいなと思う。

〝愛せていただろうか〟

ねぇ、お母さん。私が好きになった人は、お母さんの希望通り、とても優しい人だよ。翔太となら、心配性ですぐに不安になってしまうこんな私でも、笑っていられると思うんだ。ずっと、愛していける自信がある。

翔太と一緒に朝を迎えて、毎日一緒に美味しいご飯を食べられたら、それだけできっと私は幸せだから。

「あのさ、翔太」

「ん？」

「さっき美味しそうなソフトクリーム見つけたんだけど、食べない？」

私が言うと、翔太の顔に、分かりやすく喜色が表れた。

お土産屋の通りに戻り、私達は小さな売店でソフトクリームを頼んだ。私はリンゴ味で翔太はバニラ味。

真上から降り注ぐ夏の暑さも、このソフトクリームがあれば何も問題ない。どこまでも歩ける。波長が合う。しっくりくる。隣に翔太がいるだけで、気持ちがピッタリと繋がり、小さな幸せが心に深く沁みてくる。

それから私達は、せっかくだからと展望台から見える十和田湖の景色を眺めた。

「うわぁ、すっげ～！」

翔太は柵に手をかけ、子供のように身を乗り出している。

「今考えたらもったいないなって思うよ。夏休みだけじゃなくて、春休みも冬休みも連れてきてもらって、四季ごとに見える景色を写真におさめておくべきだったな」

翔太の隣に立った私は遠くを見つめながら言った。

「だけどさ、そう思えるのは今だからだろ？　智子が大人になったから。四季折々の景色は、これからいくらでも撮れるし見られるじゃん。また来ようよ。今度は紅葉かな？」

そう言って、翔太は笑った。

私が落ち込んだり何かを考えている時、翔太が一緒になって暗くなることは絶対にない。あえてなのか、また無意識なのかは分からないけど、それも翔太の優しさのひとつだ。翔太の持っている優しさをひとつひとつ全部集めたら、東京ドームくらいにはなるかもしれない。

　そんなことを考えながら、しばらく景色を眺めて写真を撮ったあと、私達は十和田湖をあとにした。


　両手にお土産袋を持った自称家出男子の翔太は、鹿角花輪駅から十五時前の列車に乗り、東京に帰った。『あと少し、家出生活楽しんでね』なんて呑気な言葉を残し、別れる時はあっさりだった。三日後には私も帰るわけだし、遠距離恋愛のような名残惜(なごりお)しさは皆無だ。

　翔太を見送ったあと、私は約束通りよっちゃんに会いにいつもの川へ行った。今日は石を並べて丸く囲み、一緒に小さな池を作ることにした。

「今日は十和田湖に行ったんだ」

「へぇ〜、誰と行ったの？」

「えっと、彼氏だよ」

　子供に向かって彼氏というのは少し照れくさいけど、包み隠さずに答えた。よっちゃんは十和田湖に行ったことがないと言うので、私は湖畔や展望台から見える景色などについて、詳しく話して聞かせた。よっちゃんは、まるで自分が今見ているかのように目を輝かせながら、熱心に聞いてくれた。

「彼氏と仲良しなんだね」

「そうなんだけど、ちょっとだけ色々あって。だけどね、その時によっちゃんの言葉を思い出したんだ」

「私の？」

「うん。信じてほしいっていうよっちゃんの言葉のおかげで、彼氏のことを信じようって思えた」

「わたし、そんなこと言ったっけ？」

石を並べながら、よっちゃんはあっけらかんとした様子で言った。忘れるということは、きっと無意識に出た言葉なのだと思う。でも、不安の塊だった私の心には、〝信じる〟という魔法が必要だったんだ。

「ねぇねぇ、ともちゃんの彼氏って、どんな人？」

「え？　んとね、優しい人……かな。のんびりしてて、ちょっと変わった人だけど、とにかく優しいの」

「いいなぁ。わたしのクラスの男子なんて、意地悪ばっかりだし。優しい人が一番だよね」

「そう？」

「うん」

「頼りなかったり、優柔不断……えっと、自分で決めるのが苦手だったり、のんびりしすぎてても？」

「そんなの、優しいに比べたらどうってことないじゃん。優しいは最強だよ。あと顔がかっこよかったらもっといいけどね」

池の囲いにする石の最後のひとつを並べ終えたよっちゃんが私を見上げ、あまりにも大人びたことを言うもんだからなんだかおかしくて、私の唇は自然と綻（ほころ）んだ。

優しいは最強か、本当にその通りだ。それに勝るものはない。

石の囲いが完成して、そこに川から水を汲んで入れることにしたけど、汲む道具がないので両手で水をすくって運ぶしかなかった。よっちゃんの小さい手ではほとんどすくえないけど、楽しそうに一生懸命運んでいるその姿に、少しだけ幸せな未来を思い描くことができた。

「よし、これでオッケーじゃない？」

私が最後のひとすくいを入れ、ふたりで作った小さな池が完成した。川の隣に池なんてちょっとおかしいけど、よっちゃんが楽しんでくれるならなんでもありだ。

「あのね、ともちゃん。この池はね、お願い事をなんでも叶えてくれるの」

「ほんとに？」

「ほんとだよ。だから、お願いしよう」

そう言って、よっちゃんは池の前にしゃがみ、両手を顔の前で合わせた。私も同じようしゃがみ、目を瞑った。そして、

〝よっちゃんが幸せになりますように〟

と願った。目を開けると、少し遅れてよっちゃんも大きな瞳をパッチリと開いた。

「どんな願い事したの？」

「秘密だよ。ともちゃんは？」

「私も秘密」

「え〜！　教えてよ〜」

頬をぷくっと膨らませながら、私の腕を揺らした。

「よっちゃんが教えてくれたら教えるよ」

どんな願い事をしたのか気になったけど、よっちゃんは頑なに教えてくれなかった。

十七時になり、川を離れて川沿いの道まで出たところで、よっちゃんが「そうだ！」と両手を叩いた。

「言おうと思ってたの忘れてた」

「どうしたの？」

「あのね、その……あの……」

体をくねらせながら、珍しく言い淀んでいる。

「何？　遠慮しないでなんでも言っていいよ」

「あの、今日ね、七夕祭りがあるの」

「お祭り？」

「うん、花輪ねぷたの」

よっちゃんにそう言われ、私の脳裏を昔の思い出が微かに過(よぎ)る。

花輪ねぷた。子供の頃に家族で見たことがある。とても感動したことは覚えているのに、随分前だからか、当時の光景があまり思い出せない。

「もし大丈夫だったら、わたし、ともちゃんと一緒に見に行きたい」

「もちろん！　私もよっちゃんと行きたい」

思いがけない嬉しい誘いに、私は即答した。

「でも伯母さん心配しない？」

「それは平気。もう言ってあるから」

「言ってあるの？」

「うん。ともちゃんなら絶対一緒に行ってくれると思ったから」

大人びているかと思えば、急に悪戯っ子のように笑うよっちゃんの不思議な力に、私はもう完全に魅了されている。

「行くに決まってるよ。それで、時間は？」

「八時半で大丈夫？」

「オッケー！　楽しみにしてるよ」


一旦帰った私はスーパーで買ったお弁当を食べ、そわそわしながら時間になるのを待った。やることがないので、ごろんと仰向けになり、母の手帳を開く。

〝愛せていただろうか〟

本当に、母はどういう気持ちでこれを書いたのだろうか。ずっと考えていたけど、やっぱり分からない。だけど、最初に見た時はあれこれ悩んでマイナスなことばかりが浮かんでしまっていたけど、今はどういうわけか、この文字を見てもあまり不安にはならない。環境を変えたからなのか、兄や父の気持ちが少し分かったからなのか、バラバラになりつつあった心が繋がりはじめたからなのか分からないけど、母に限って私達を悲しませるような言葉を残したりはしないと思った。

あれこれ考えていたらあっという間に時間は過ぎ、八時を回ったところで私はホテルをあとにした。

はやる気持ちを抑えながら歩き、待ち合わせ場所の稲村橋（いなむらばし）へ向かった。河川敷を歩いている途中、微かに太鼓の音が聞こえた気がしてふと立ち止まる。目を閉じると、「ドン、ドン」という重い太鼓の音が体中に響き、ヒューッと強い南風が私の髪の毛を巻き上げた。瞼を開くと、先ほどよりも河川敷を歩く人の数が増えている気がした。

人の流れに乗って進み、米代川（よねしろがわ）にかかる稲村橋の手前で、よっちゃんの姿を見つけた。隣には伯母さんも立っていて、私は軽く頭を下げてから駆け寄る。

「遅くなってしまってすみません」

私がこれまで見てきた静かな鹿角の町はどこへやら、周りはすでに凄い人だかりができていた。

「こぢらごそ、面倒おがげします」

伯母さんは町内の人達と集まりがあるそうで、終わったらまたこの場所で待ち合わせをすることになった。私はよっちゃんとはぐれないよう、よっちゃんの手をしっかりと握る。

「これってどこで見ればいいの？」

「あのね、橋の上は決まった人しか入れないから、河川敷から見るんだって。さっき伯母さんに教えてもらった」

よっちゃんの言う通りふたりで河川敷に下りたけど、前のほうはもうどこも人で埋め尽くされており、うしろしか空いていなかった。と言っても、ねぶたが到着するのは橋の上なので、見上げれば小さなよっちゃんでもしっかり見られる。

「よっちゃん見える？」

「大丈夫、見えるよ」

その時がくるのをジッと待機している間、まるで大好きなミュージシャンのライブが開演されるのを待っているかのような気持ちになり、ドキドキした。

「ともちゃん、来たよ！　来た来た！」

「ほんとだ、来たね！」

興奮気味のよっちゃんと私は、手を繋ぎながら橋の上を見上げた。

二十一時。漆黒の空の下、将棋の駒形をした十台の王将大灯篭が稲村橋の上にずらりと整列した。灯篭の正面に〝王将〟の文字、右側面には〝七夕祭〟で左側に〝天の川〟、さらに背面には〝武者絵〟を描くのが伝統的なスタイルなのだそう。隣にいる年配の男性が誰かに説明しているのを聞いた。

町内ごとに武者絵は違うらしく、ここから全ての絵を確認するのは難しいけど、もの凄い迫力だというのは分かる。けたたましく鳴り響く太鼓の音と、美しく光る王将灯篭をジッと凝視していると、王将灯篭から火が立ち昇るのが見えた。

「えっ⁉」

私が驚いていると、よっちゃんが繋いだ手に力を込めた。

「今日は最終日だから、最後に王将灯篭を燃やして流すんだって」

視線を上げたまま言ったよっちゃんの瞳に、オレンジ色の炎が映し出された。とても綺麗なその目には、薄っすらと光るものが浮かんでいる。私も同じだった。燃え上がる炎を見つめながら、熱くなった目頭をそっと指で押さえる。

王将灯篭が幻想的に燃え上がり、その美しい光が徐々に薄れていくと、太鼓の音と共に空には大輪の花火が打ち上げられ、私の心臓も爆音と共にドクンと跳ね上がった。

「わぁ……」

「綺麗……」

よっちゃんと私は、息を吐くように自然と言葉を漏らした。

夜空に咲いた大輪の花は、光の雫を落としながら消えていく。次の花火が上がるまでのしんと静まり返った一瞬の間に、私とよっちゃんは目を合わせ、この感動を共有するように微笑み合った。

次々と咲く花火は美しく煌めいては儚く消え、それを数回繰り返したあと、夜空には最後の静けさが戻った。

まるで夢だったのではないかと思うほど、瞬く間に終了してしまった七夕祭り。儚く散った大迫力の王将灯篭はその役目を果たし、残された骨組みが稲村橋から去っていく。

終わっても尚、私の胸の中では、あの炎のように熱い感情が渦を巻いていた。あまりの感動に体が震える。もしかしたら、これまで生きてきた中で最も心が激しく動かされた瞬間だったかもしれない。

「凄かったね、ともちゃん」

「そうだね、凄かったね」

よっちゃんもきっと、とても深い感銘を受けたに違いない。胸が詰まって、私達はこの感動を上手く言葉にできなかった。無言で互いの手を強く握り、離れないように人混みの中を歩いた。

「じゃー、また明日ね」

橋の上に立っている伯母さんを見つけ、よっちゃんが私にそう言った。

「うん。また明日ね」

よっちゃんが伯母さんの元へ行ったのを見届けると、最後にもう一度手を振ってから帰路についた。

子供の頃、私は間違いなくあの光景を見た。確か橋の下からではなく、橋へ向かう途中の王将灯篭を間近で見たのだ。当時ももちろん感動しただろうけど、今日のほうがもっと強く胸に響いた。なぜなら、私が少しだけ大人になったから。悩みも不安も悲しみも苦しみも、そして喜びもたくさん重ねてきたから、余計に心に沁みたのだ。

「あっ!!」

思い出したように口を開いた私は、写真を撮っていなかったことに今さらになって気づいた。でも仕方がない。写真なんて撮っている余裕はなかったし、スマホ越しにあの光景を見るなんてもったいない。この目に焼き付けることができたわけだし、写真はまた来年の夏に撮ればいい。今度は翔太も一緒に。

きっと驚くだろうな、どんな顔をするのか考えただけで笑ってしまう。だから、帰ってからも七夕祭りのことは言わないでおこう。

第五章

ラストピース

家出五日目。明後日は帰るだけなので、実質ここにいられるのは今日を含めてあと二日。そう思うと寂しいし、あと少し家出を延長したいところなのだが、バイト先にこれ以上迷惑はかけられないのでそうもいかない。

今日は夕方まで借りられるレンタカーで、鹿角市内にある親戚の家やお世話になった人のところへ分かる範囲で挨拶に回ることにした。

家出の時に、母宛ての年賀状の束を持ってきておいて正解だった。これとナビがあれば迷うことはない。

まず最初に私が向かったのは、祖父母のお墓があるお寺だ。五年前に祖母の葬儀でもお世話になったので、住職さんは私のことを覚えてくれていた。樋口家と書かれた墓石を綺麗に拭き、花を供えた。

お母さんが死んでから来られていなくてごめんなさい。でも、来年も必ずまた来ます。

手を合わせたあと、ほうきを借りて墓の周りに散らばった葉っぱを少し掃いた。

それから私が向かったのは、毎年必ず東京へ帰る前に寄っていた長谷川さんの家だ。実のところ、長谷川さんが母や祖父母とどういう関係なのかはよく知らない。気づいたら毎年遊びに行っていて、誰なのか聞く機会を逃したまま祖母も母も亡くなってしまった。だけど今日、ついに私はその真実を知ることになった。分からないまま挨拶するのも失礼だし、誰だか知らないというのも失礼で、それなら聞いたほうがいいという結論に至って思いきって聞いてみた。長谷川さんは、祖母の従妹だったのだ。

『智子ちゃんは小さがったがら、分がらねぁよね』

長谷川のおばあちゃん、つまり祖母の従妹はそう言って笑ってくれた。そして、帰りにお菓子の詰め合わせを持たせてくれた。

長谷川さんの家を出た私は、ひとまずお昼ご飯を食べようと、途中で見つけた雰囲気のよさそうなお蕎麦屋さんでざる蕎麦とミニ天丼のセットを食べた。

お腹も満たされたところで、最後の目的地は高齢者福祉施設。あらかじめ連絡を取り、そこで働く清水さんという四十代の女性に会いに行った。清水さんは、週に二日施設に通っていた祖母の面倒をよく見てくれていた人で、母もよく清水さんと電話をしていた。祖母の葬儀の時も色々お世話になったし、母の葬儀の時なんて、わざわざ鹿角から東京まで来て手伝ってくれたのだ。

少しふくよかで雪のように白い肌の清水さんに、私は感謝の気持ちを伝えた。清水さんは、『まだ若いのにお母さんが亡くなって大変だけど、あまり無理しないでね』と言ってくれた。頑張ってと言われるより、ずっと嬉しい言葉だった。

全ての挨拶回りを終えてホテルに戻った時には十四時。よっちゃんに会う時間まで少しお昼寝をしようと、枕を置いて横になった。

よっちゃんに会えるのは、あと二回か……。今までは川でしか会っていないけど、明日はどこか別の場所に一緒に行けないだろうか。夏休みだし、伯母さんにお願いして一緒にお昼ご飯を食べるだけでもいいから、もう少し思い出を作りたい。

それから、今日は今まで聞けなかったことをちゃんと聞こう。よっちゃんのお母さんのこと。ご飯を食べさせるのも、迎えに来るのもどうして伯母さんなのか。母親から抱きしめられたことがないというよっちゃんの言葉は、どういう意味なのか……。


三十分ほど昼寝をしてからいつもよりも少し早くホテルを出て、十五時半には着くように河原に向かった。たまには私が先に着いて待っていたいと思ったのに、最初に出会った時と同じように、よっちゃんは小さな石を川に投げ入れて遊んでいた。

「よっちゃん！」

少し離れたところから名前を呼ぶと、振り返って明るい笑顔を私に向けてくれた。

「今日はさ、少しよっちゃんと話がしたいんだけど、いい？」

「話なら昨日もその前もしたよ？」

「そうなんだけどね、ちょっと聞きたいことがあって」

するとよっちゃんは「いいよ。私も言いたいことがあるし」と言って持っていた石を下に置き、ふたり並んで腰を下ろした。

「よっちゃんの言いたいことって何？」

「えっとね、昨日の願い事なんだけど」

願い事……とは、ふたりで作った願いを叶えてくれる池のことだ。お互い何を願ったのかは内緒にしていたのだけど。

「わたしの願い事、ともちゃんに教えてあげる」

「いいの？」

いざ教えてもらうとなると、なんだか悪い気がしてしまったけど、よっちゃんは聞いてほしそうに私と視線を合わせて頷いた。

「あのね……」

いつもニコニコしている顔が、珍しく強張った。

「あのね、わたし……いい子になりたいって願ったの」

「……えっ？」

いい子にって、よっちゃんはじゅうぶんいい子だ。

けれどよっちゃんはいい子だよ？」

「どういうこと？　よっちゃんはいい子だよ？」

「だってわたし、お母さんのことは好きだけど、伯母さんのことは大好きなの。普通はそう思っちゃダメでしょ？　だから悪い子なの」

私には、意味がよく分からなかった。でも、以前の発言も含めてよっちゃんと母親の関係がおかしいということだけは分かる。

「前にさ、お母さんに怒られたり抱きしめてもらったことがないって言ってたでしょ？　あれってどういう意味なの？」

「どうって、そのままだよ。わたし学級委員になっても、日直や係の活動を頑張っても、テストで百点とっても、お母さんは何も言ってくれない。笑ってもくれない。お母さんはわたしのことが見えないんだ」

「見えないって……」

　色んな可能性を頭の中で考えたけど、上手くまとまらない。だって、会うとよっちゃんはいつも明るく笑っているし、つらそうな顔なんて一度も見たことがなかった。元気いっぱいで、ご飯を食べさせてもらっていないというわけでもなさそうで、話し方もハキハキしていて自分の意見もきちんと言える。時には私を励ましてくれたり、私の心に突き刺さるような言葉もかけてくれたりした。だから、いつも見ているよっちゃんの姿と今の言葉が、私の中でどうしても合致しない。

「お母さんは仕事で忙しいって言ってたけど、仕事が終わってからはどうしてるの？」

「小学生になるまでは家にいることもあったけど、わたしが近づくと怒るの。怒られるのは嫌だから、わたし我慢したんだ。だけど小学生になったら、お母さんはほとんど家にいなくて」

　よっちゃんは、どうしてそんなに普通なのだろう。もっと悲しんでいいのに、まるで自分の話ではないみたいに淡々と言葉にしている。

「家にいなかったら、絶対に寂しいよね？　つらかったよね？」

「ん〜、幼稚園の時のことはあんまり覚えてないけど、今は寂しくないよ。だって、伯母さんと伯父さんがいるから」

よっちゃんは、そう言って花を咲かせるように微笑んだ。

そうか。難しく考えようとしていたけど、嘘でも強がりでもないこのよっちゃんの表情が、全てを物語っているのだ。

本当の母親よりも、伯母さんのほうが大好きになってしまった。伯母さんといるほうが幸せ。伯母さんはきっと、よっちゃんに美味しいご飯をたくさん食べさせてくれて、学校での話も聞いてあげて、テストを頑張ったらいっぱい褒めてあげているのだろう。そして、悪いことをしたら、ちゃんと目を見て怒っていた。だからよっちゃんは、いつも明るく笑っていられたんだ。母親からもらえない愛情を、伯母さんがたくさんくれるから。

鼻の奥がツンと痛むと、瞳の奥から熱いものが溢れないように、私は薄雲がかかった空を見上げた。

「あのね、よっちゃん」

落ち着いてから、私はよっちゃんのほうを向き直した。

「よっちゃんは、悪い子なんかじゃないよ。本当の母親だからって、一番に好きでいなきゃいけないわけじゃないし、本当の母親じゃないからって、一番好きになっちゃいけないわけじゃないの」

　よっちゃんは、私の言葉に首を傾げた。

「よっちゃんは、伯母さんのことが大好きなんでしょ？」

「……うん」

「それはね、悪いことなんかじゃない。本当のお母さんかそうじゃないかなんて、大きな問題じゃないんだよ」

「本当に？　悪いことじゃないの？」

「うん、本当だよ」

「あのね、わたしね、明日……伯母さんの子供になるんだって」

「……え⁉」

　突然の告白に、すぐ理解することができなかった。伯母さんの子供ということは、つまり……。

「よく分からないけど。お母さんとはもうずっと一緒に住んでないし、伯母さんがわたしのお母さんになりたいって言ってくれたの」

「それで、よっちゃんはどう思った？」

「凄く……嬉しかった。伯母さんがお母さんだったらいいのにって、ずっと思ってたから。だけど、そんなことを願ったら神様に怒られるかもしれない。伯母さんと一緒にいられなくなるかもしれないって思って、我慢してたの。でも、ともちゃんの家族の話を聞いてたら、いいなーって……」

そう言うと、よっちゃんの綺麗な瞳から、ぽろっと涙の雫がこぼれた。

よっちゃんは、伯母さんがお母さんだったらと思っていた。でもいざその時がきたら、本当のお母さんがいるのに伯母さんの子供になるなんて、自分は悪い子なのではないかという気持ちになり、不安になったのかもしれない。

「大事なのは、自分のことを本当に大切に想ってくれている人は誰かってことなの。よっちゃんに笑いかけてくれて、怒ってくれて、美味しいご飯を一緒に食べてくれる人。時々喧嘩をすることがあっても、それが家族だから。よっちゃんは、伯母さんからいっぱい愛情をもらってきたんだね」

私がそう言ってよっちゃんの小さな体を抱きしめると、よっちゃんは火がついたように声を出して泣いた。今まで我慢していた気持ちを全て吐き出すかのように、大粒の涙をポロポロ流し、泣きじゃくった。

〝愛せていただろうか〟

母の言葉が、頭を過った。まだ九歳なのだから、戸惑うのも不安になるのもあたり前だ。だけど大事なのは血の繋がりなんかじゃなくて、どれだけ大切に想っているのかという気持ちなのだと思う。寂しさや悲しさを上回るほどの大きな愛情を持ってよっちゃんを見守ってきた伯母さんは、よっちゃんにとって間違いなく本当のお母さんだ。

よっちゃんと母親の関係は本来ならピッタリくっつくはずなのに、なぜかはまらなくて、くっつこうと思ってもひとつ、ふたつと離れていってしまう。だけど自分の気持ちを素直に受け入れた時、よっちゃんと隣り合わせに繋がるのは母親ではなく、伯母さんだった。

これからは、堂々と伯母さんをお母さんと呼んだっていい。大好きだよと伝えていいんだ。

しばらくして泣き止んだよっちゃんにティッシュを差し出すと、最後に全ての迷いを出し切るかのように、思いきり鼻をかんだ。

「泣いちゃってごめんなさい」

「謝る必要なんてないよ」

よっちゃんの頭にポンと優しく手を置くと、潤んだ瞳と真っ赤な鼻を私に向けて、あどけなく微笑んだ。

「わたし、大丈夫かな……。ちゃんと伯母さんの子供になれるかな？」

「親子ってさ、なろうと思ってなるものじゃないよ。自然に生まれてくるのが、親子の絆（きずな）っていうものなんじゃないかな？」

「きずな？」

「うん。親子だけじゃなくて、友達とか恋人とか、大切な人達との繋がりってことだよ。そんな顔しなくても大丈夫！　だって私、願いが叶う池にお願いしたんだもん」

それでもまだ少し不安そうに眉を下げたよっちゃんに、私は言った。

「よっちゃんが幸せになれますようにって」

だから大丈夫。これからはなんの遠慮もせずにお母さんとお父さんの愛情をいっぱいもらって、きっと幸せになれる。

「ありがとう、ともちゃん。そうだ、ねぇこれ見て！　キラキラしてる」

足元にあった石を拾い上げ、空にかざしながらよっちゃんが言った。白っぽい小さな石は、太陽の光を浴びて煌めいていた。

「わぁ、綺麗だね」

最初に出会った日と同じように、私とよっちゃんは綺麗な石が落ちていないか探した。ただそれだけなのに、こうしている時間がとても穏やかで、大きな温かいものに包まれているかのように、心地いい。

母を亡くして以降、私の心は少しずつすり減っていった。ちゃんとしよう、しっかりしようと思いながら頑張って頑張って、そのうちに心はどんどん小さくなって、形が変わってしまった。そして、家族や翔太の気持ちと、形が変わってしまった自分の気持ちが上手くはまらなくなって、どうしたらいいか分からなくなった私は家出をしたんだ。でも、よっちゃんに出会えたことで、私の家出生活は明るいものになった。彼女と過ごすほんの僅かな時間が、楽しみになった。だからこの家出が終わっても、よっちゃんとはずっと友達でいたい。

そんなことを思いながら、一生懸命石を拾っているよっちゃんの姿を目で追った。

「ねぇ、よっちゃん」

「なぁに？」

「私、ずっと秘密にしていたことがあるんだけどね」

そう言うと、川の近くにいたよっちゃんはぴょんぴょんと軽快に飛び跳ねながら私のところへ戻って来た。

「秘密って？」

何か凄いことが聞けるのではないかという期待が、よっちゃんの瞳から溢れている。だから私は、よっちゃんの耳元で囁いた。

「私、実はね……家出してきたの」

「えっ、家出⁉」

目をまん丸くしたよっちゃんは、誰かに聞かれたらまずいと思ったのか、咄嗟に自分の口を両手で塞いだ。

「大丈夫だよ、家出は家出でも、ちゃんと家には帰るから」

私が秘密と言ったからだろう。

「そうなの？　どうして家出なんてしちゃったの？」

純粋に素直に、疑問を投げかけてきた。

「私のお母さんは天国に行っちゃったって話したでしょ？」

「うん」

「お母さんがいなくなってから、家のことはほとんど全部私がやるようになったんだけど、父と兄は結構自分勝手でさ、ふたりの気持ちが分からなくなっちゃったの。母の代わりになれるとは思ってないけど、私なりに精一杯やってきたつもりだったんだけどね。だからちょっと距離を置いて、家族や自分のことを見つめ直したいっていうか……」

なんて、九歳の子に私は何を言っているんだろう。こんなことを言ったって、よっちゃんを困らせるだけだ。

「でもね、鹿角に来てよかったよ。兄のことでも父のことでも、よっちゃんと話してたら凄く気持ちが楽になったし、よっちゃんの何気ない言葉が私の悩みを吹き飛ばしてくれたんだ」

よっちゃんは意識していいことを言おうとしているわけではないし、その時に本当に思ったことを素直に口に出しただけ。だからこそ、その言葉に余計な物は一切ついていなくて、引っかかることなく私の心にストレートに伝わってきた。

「わたしもともちゃんと同じだよ。なんて言ったらいいか分からないけど、ともちゃんが話を聞いてくれたから、なんかね、ここら辺が……スーッとしたの」

よっちゃんは右手で胸の真ん中あたりをさすった。

「うん、分かるよ」

兄と父と翔太のことで、見えなかった自分の気持ちが見えたのは確かだ。だけど、これでもう心の中は綺麗さっぱりしたのかと言われると……。

「ともちゃんのお母さんって、どうして死んじゃったの？」

突然よっちゃんが聞いてきた。死というものが身近にあまりない子供だからこそ、疑問に思ったのかもしれない。だから私は、包み隠さず母が亡くなったあの日のことをよっちゃんに伝えた。母親が亡くなるというのはかなりショッキングなことかもしれないけど、よっちゃんは真剣に私の話に耳を傾けてくれた。

「……最後に話をしたのは私なのに、助けてあげられなかったことが本当につらくて、後悔しかないんだ」

川で遊ぶ子供たちの朗らかな笑い声をBGMにするには、到底合わない話だ。だけど、なぜか止められなかった。

「頻繁に頭が痛いって言ってたのに、どうしてもっと早く強引にでも病院に連れて行かなかったんだろうって……」

あの日の朝、母が淹れてくれたカフェオレは、温かかった。つまり、私が起きる少し前までは、生きていた。あとで病院の先生にそのことを話したら、『その時にはすでに出血していた可能性があるので、恐らく子供を起こさなければという強い思いだけで、起きたのだと思います』と言われた。相当痛みはあったはずだと。

どうして私は、あの時すぐに起きなかったのか。どうして起きて母の顔を見なかったのか。もしかしたら私を起こすために無理に起き上がったから、母は死んでしまったんじゃないか。普通に眠っていれば、生きていられたんじゃないか。私のせいだ。私が母を……。

「ともちゃん……泣かないで」

よっちゃんが私の手を握ってくれた。私は、泣いてなんかいない。涙は出ていない。それなのに、よっちゃんは「泣かないで」と何度も言ってくれた。

「ともちゃんは、自分のことが許せないんだね」

思いがけない言葉に、耳を疑った。まさか、心の奥底に隠し続けていた気持ちを言い当てられるとは思わなかったからだ。

「ともちゃんは自分が嫌いで、自分を許せないから、そんな顔をしてるんでしょ?」

私、今どういう顔をしているんだろう。分からないけど、よっちゃんはとても悲しそうに涙を浮かべていた。まるで自分のことのように、悲愴な面持ちをしている。

「私……」

よっちゃんの言う通りだ。私はずっと、自分が許せなかった。母を助けられなかったのは、私のせいだから。

「私が頑張ったのは、父と兄が何もしてくれないからじゃない。本当はただ、許してほしかったからなんだ……」

頑張れば、母と同じように家事も何もかも全て自分が頑張れば、あの日に戻れるんじゃないかと本気で思っていた。朝起きたら、台所から卵をかき混ぜる音が聞こえてきて、私に気づいた母が『おはよう』って、そう言って笑顔で振り向いてくれる日がいつかくるんじゃないかって……。

「母じゃなくて、私が……」

私が代わりに死んでいれば、兄は情緒不安定になることもなく仕事を続けていたし、父がお酒を飲みすぎることも涙を流すこともなかった。だから……。

「大好きだよ……」

不意に立ち上がったよっちゃんが、そう言って座っている私のことをそっと抱きしめた。

「わたしはともちゃんが大好き。ともちゃんが家出してくれてよかった。鹿角に来てくれて、よかった。本当に頑張ったんだね、凄いね、偉いね。川でわたしに声をかけてくれてありがとう。生きていてくれて……ありがとう」

どうして……。

ふと顔を上げると、よっちゃんは目尻を下げ、暖かな風を受けて優しく揺れる花のように、笑った。

夢でいいから、母に『頑張ったね』と、言ってほしかった。そうしたら私は……。

「ともちゃんのせいなんかじゃないよ。お母さんも、ともちゃんが頑張ってるのをきっとちゃんと見てるから」

私よりもずっと小さな体なのに、よっちゃんの胸の中は、とても温かい。

「これ、あげる。さっき見つけたんだ」

よっちゃんが私の手を開き、そこに小さな石をのせてくれた。ピンク色の透明な綺麗な石だ。

「いいの？」

「いいよ。ともちゃんにあげるためにかわいい石を探したんだもん」

私は涙を堪えながら、ピンク色の石を優しく握った。

「ありがとう、大事にする。ごめんね、色んなこと言っちゃって、心配かけちゃったね」

「謝る必要なんてないよ」

私が言った言葉を真似たよっちゃんに、思わず笑みがこぼれた。よっちゃんも同じようにニコッと微笑む。

「そうだ、よっちゃん明日時間ある？　どこかで一緒にお昼ご飯食べない？」

「え！　ともちゃんと？」

「そうだよ」

「一緒にご飯食べられるの？」

「うん」

よっちゃんは「やった～！」と喜び、その場で嬉しそうに飛び回った。

気づくと時刻はすでに十七時になっている。いつも通りよっちゃんを見送ろうと、ふたりで川沿いの道まで出た。

「待ち合わせは稲村橋が分かりやすいかもね。時間は何時がいいかな？」

私が聞くと、よっちゃんは「んー、どうしよう」と言って首を捻った。

「だったらこうしよう。よっちゃんの家の電話番号って分かる？」

「分かるよ」

スマホを覗き込みながら数字を読み上げるよっちゃんの前で、私はその電話番号を登録した。

「私も明日は午前中に寄るところがあるから、昼前に一度電話するね。よっちゃんはお母さんの許可ももらわなきゃいけないだろうし」

「お母さん？　あ、そっか。明日からもうお母さんって呼んでいいんだ」

よっちゃんは少し照れくさそうに、だけどとても幸せそうに頬を赤らめた。

「また明日ね、よっちゃん」

「うん。ばいばい、ともちゃん」

いつもの帰り道を駆け出したよっちゃんは、一度止まって振り返り、大きく手を振ってからまた走り出した。

*

六日目。今日も朝から私のお腹は幸せな味で満たされた。夢のような朝食バイキングをいただけるのも明日で最後だけど、全種類を制覇するという私の密かな目的はすでに達成している。そんなわけで、明日は後悔のないように最後の朝食を楽しむだけだ。

部屋に戻って少しお腹を休ませてから準備をし、十時にホテルを出た。今日は、帰る前にもう一度会いに行くと早苗さんと約束をしているからだ。

今日の天気は晴れ。抜けるような青空、柔らかな日差しの下をゆっくりと歩いた。思えば私が家出をしてから、鹿角の天気は毎日晴れ続きだった。この天気のおかげで毎日スッキリとした気持ちで朝を迎えられているのは間違いない。夏といっても都会で感じるような不快感は全くなく、むしろとても過ごしやすい。暑さが苦手な私が一度も「暑い」と発さないことが、何よりの証拠だ。

商店街を通った時、少しだけ様子が違って見えた。何か夏休みのイベントでもあるのだろうか？　多くの商店がシャッターを閉めている光景は同じだけど、いつもより人が多い。あれだけ閑散としていたはずなのに、昔の活気が少しだけ戻ったような気がして嬉しかった。

相馬さんの家に着くと、早苗さんと利久くんが出迎えてくれた。私の隣に翔太がいないことに気づいた利久くんは、ちょっとだけ不満そうに口をへの字に曲げた。

相馬のおばさんと岩渕さんは用事があって、午前中は出かけていて留守らしい。

「わざわざ来てもらっちゃってごめんね」

「いえ、とんでもないです。こちらこそすみません」

「とりあえずお茶でも飲んでゆっくりしていって」

早苗さんが淹れてくれた冷たいお茶を飲んで、ひと息ついた。

改めて見ると、やっぱりこの家はとても大きい。前は相馬のおばさんや岩渕さん、翔太もいたからそれほど感じなかったけど、おじさんが亡くなったあと、ここにおばさんがひとりで住んでいたのかと思うと、その寂しさは容易に想像ができた。

「久しぶりの鹿角はどうだった？」

「はい、とても懐かしくて、子供の頃のことをたくさん思い出しました。色々悩んでいたんですけど、それももうスッキリしたし」

「そう、よかった。大変だったもんね。樋口のおばあちゃんも、孫が来てくれて喜んでるんじゃないかな？」

母が亡くなってからはバタバタしていて祖父や祖母のことを考える余裕はなかったけど、そう思ってくれていたら私も嬉しい。

「そうだ、お昼はどうする？　よかったら食べて行かない？　その頃には母さんも帰ってくるだろうし」

リビングの壁にかけてある木製のレトロなハト時計は、十一時を指していた。

「ごめんなさい。今日は友達と約束があって。私、こっちに来て友達ができたんです」

「友達？　それはいいわね。あ、そうだ、危なく忘れるところだったわ。住所書いてくれる？　野菜送るから」

　そう言って、早苗さんは紙とペンを用意してくれた。

「いつもすみません」

「いいのいいの。畑で野菜作ったってそんなに食べきれなくていつも近所にあげてるみたいだし、もらってくれるほうがありがたいのよ」

　私は自宅の住所を書き、早苗さんに渡した。

　相馬さんからもらう野菜や果物は新鮮で美味しいので、荷物が届いたら父も兄もきっと喜ぶ。

「本当にありがとうございました。きりたんぽ鍋も本当に美味しかったです。また絶対に来年遊びに来ますので」

「うん、待ってるね。ほら、うちの子がすっかり智子ちゃんの彼氏を気に入っちゃってるから、一緒にまた来てね」

「はい、ぜひ。おばさんや岩渕さんにもよろしく伝えてください」

　早苗さんの家をあとにした私は、昨日よっちゃんから聞いた電話番号に早速かけた。はずなのだけど……。

『ツー……ツー……』

「ん？」

話し中？　けれど、そのあと何度かけても電話は繋がらなかった。よっちゃんが番号を間違えた可能性が高いけど、私はスマホから流れる機械音に少しの違和感を覚えた。

電話をかけ続けながら稲村橋の上に立ち、辺りを見回す。時間は決めていなかったけど、待ち合わせは稲村橋という話をぽろっとしたので、もしかしたらいるのではないかと思ったけど。

「いないか……」

ということは、やっぱり家まで行ってみよう。一度も行ったことはないけど、よっちゃんの説明は聞いていたのでだいたいの場所は分かる。

『あの電信柱の先にある吉田のおじちゃん家を左に行ったら、伯母さんの家なの』

引き返そうとした時、偶然にも相馬のおばさんと岩渕さんが橋を渡ろうとしていた。

「あっ、おばさん！」

私が駆け寄ると、おばさんも私に気づき、小さく手を振った。

「会えてよかったです。さっき家にお邪魔して早苗さんに挨拶してきたんですけど、一昨日は本当にありがとうございました」

　私は頭を軽く下げ、おばさんにお礼を伝えた。

「なんも。こぢらごそ、どうも。今日は七夕祭りがあるんだども、見さ行ぐの？」

「……え？」

　今日……？

「あ、えっと、いえ……」

「見さ行ったらええよ。明日帰るんだべ？」

「はい。明日の朝に」

「気ぃつけでね。今度は父さんと光志くんも一緒さ、遊びに来でね」

「もちろんです。必ずまた来ます」

　岩渕さんも私に会釈をし、ふたりは仲睦まじそうに腕を組みながら橋を渡って行った。

　それにしても、今日が七夕祭りというのはどういうことだろう。私は腕を組んで視線を下げ、考えながら河原に向かって足を進めた。

　おばさんの勘違い？　だって、あの大きな王将灯篭は、一昨晩全て勇ましく燃え尽きたはず。その姿は私の脳裏にしっかりと焼き付いている。もしかしたら、灯篭は何台もあるのだろうか？　夏の間にああいったお祭りが何度も開催されるとか。

「……って、えっ？」

考えながら歩き、いつもの川沿いの道に出ようとしたのだけど……。

「……ない」

川沿いの道はアスファルトではなく砂の道。左には穏やかな流れの浅い川と砂利道が続いていて、右側には畑と昔ながらの民家がぽつぽつと建っている。昼間は子供達の元気な声が響き、夕方を過ぎると虫やカエルなどの鳴き声と共に川のせせらぎが静かに響く。そんな場所だったはず。

私が今歩いている道は、どこなのだろうか。所々雑草が生えていたどこか懐かしい砂の道は無機質なコンクリートに変わり、畑はあるものの明らかに数は減っていて、古い民家もあるが比較的新しい家も建っている。そしてなにより、子供達の声や川のせせらぎの代わりに聞こえてくるのは、車のエンジン音だった。

「なんで⁉　川は？　どこいったの？」

川があったはずの場所は、片側一車線の広い道路になっていた。

道を間違えることはあり得ない。そんなに複雑な場所ではないし、ここに来るのは今日で六日目。どう考えても間違えようがない。

ふと視線を上げると、奥のほうに見えていた工事中の高速道路は、なぜか完璧に仕上がっている。全てがひと晩で姿を変えた？　そんな、まさか……。

頭が混乱しているからか、恐怖というよりも奇妙な感覚がじわじわと湧いてくるのを感じた。いくら考えたって疑問しか浮かばないのだから、こんなところで立ち止まっていても仕方がない。私はとりあえずよっちゃんの家を目指した。

川が道路に変わっているのだから、いつもの道がどこだったか、もはやよく分からない状態になっている。だけど進むしかないので右側を注視しながら歩いていると、よっちゃんを見送っていた時にいつも見ていた青い屋根の家があった。手前には電信柱もある。

吉田のおじちゃん……。

会ったこともない人の名前を心の中で呼びながら、気づけば走り出していた。青い屋根の吉田のおじちゃんの家を左に曲がってすぐに、伯母さんの家はあるはずだ。近づくにつれて速くなる胸の鼓動。余計なことを考える余裕はなかった。ただ「ある」と信じて青い家を左に曲がると、その先に二階建ての一軒家があった。

「よっちゃん……」

そう呟きながら近づくも、心の中で〝違う〟と結論付けている自分がいた。まるでつい最近建てられたばかりのような、真っ白な壁。実際に私はよっちゃんが家に入るところを見ていないのだから、もしかしたらこの綺麗な新築の一軒家が伯母さんの家なのかもしれない。だけどなぜだろう、感覚的なものが「違う」と言っているのだ。

フーっと息を吐いて一軒家の前に立ち、表札を確認した。そこには【佐藤(さとう)】と書かれている。よっちゃんの苗字(みょうじ)は森嶋だけど、伯母さんの苗字は聞いていなかった。

私は意を決してインターホンを押す。

しばらくして出てきたのは、ゆったりとした黒いワンピースにカーディガンを羽織った女性。よっちゃんの伯母さんとは、全くの別人だった。

「どちら様ですか？」

大きなお腹をさすっているその女性に、私は緊張しながら問いかけた。

「すみません、ちょっとお尋ねしたいんですか、この辺りに小学三年生のよっちゃん……森嶋さんという子はいますか？」

しまった。ずっとよっちゃんと呼んでいたから気にならなかったのだけど、私はよっちゃんの名前を知らない。ようこ、よしこ、よこ、よ、よ……。

「ごめんなさい、知らないです」

女性は若干疑わしげな視線を私に向けたあと、木の香りだけを残してドアをパタンと閉めた。「怪しい者じゃないんです」と弁明する間もなく。

やはりここは、伯母さんの家ではない。かといって、その先は田んぼと道路になっていて民家はなかった。吉田のおじちゃんの家だと思っていた青い屋根の家も、表札を見たら近藤さんの家になっていた。それでも諦めずに、小走りでこの辺り一帯の家を確認して回ったけど、「よっちゃん」という女の子を知っている人は見つからなかった。

最初は不思議だと思っていた気持ちが、徐々に言いようのない不安へと姿を変えていく。誰に何を、どう聞けばいいのか分からない。

せめて伯母さんの名前を聞いておけばよかったと後悔しながら、ひとまず落ち着こうと一旦ホテルに戻った。だけど、そこで私はまたもや不思議な物を見てしまった。ホテルのロビーに貼られているポスターだ。今まで気に留めていなかったのだけど、そこに書かれていたのは【七夕祭り】という文字と、力強い武者絵が描かれた大きな王将灯篭の写真、そして【八月七日・八日】という日付だった。

ちょっと待ってよ、八月七日は今日だ。でも私がよっちゃんと七夕祭りを見たのは、二日前の八月五日だった。その時に祭りの日程は確認しなかったけど、私は間違いなくこの目で見た。あんなにも儚く美しい光景が、ただの幻であるはずがない。

よっちゃんと繋いだ手の温もりも、まだしっかりと覚えている。

「あの、すみません。この七夕祭りって、今日ですか？」

「はい。花輪ねぷたは藩政時代末期頃から伝わる七夕行事ですので、ぜひご覧になってください」

「そう、ですか……。えっと、七夕祭りはこの日だけですか？　別の日に灯篭を燃やす日があるとかそんなことは……ないですよね」

キョトンとしている仲居さんの表情から瞬時にその気持ちを読み取った私は、自分でそう否定した。

だったら、よっちゃんと『綺麗だね』と言い合ったあの祭りは、あの花火は、なんだったのだろう。解決方法が見つからず完全に行き詰まってしまったけど、このままよっちゃんに会わずに帰ることだけは絶対にできない。けれど、どうしたらこの不可解な状況を打開できるか分からなくなった私は、翔太に電話をかけた。

『もしもし？』

「翔太、あのね、えっと……変なこと聞くけど、よっちゃんっていう友達ができたって私言ったじゃん？」

『うん。九歳の女の子でしょ?』

「そう。で、よっちゃんと会った時の話をしたよね?」

『うん、したね。どうしたの?　なんかあった?』

声だけで焦りが伝わったのか、詳細を話す前に翔太が気遣うような優しい声で聞いてきた。

「うん。実はね、なんか変なことが起きたの。今日、よっちゃんとお昼ご飯を一緒に食べる約束をしてたんだけどね……」

そう言って、私は自分の身に起こった謎めいた出来事を全て翔太に聞かせた。

「何がなんだか分からないんだ。昨日までハッキリ見えていたものが急にぼんやりして、というか消えちゃって、とにかくよっちゃんに会いたいだけなのに、もうどうすればいいのか……」

『なるほど、まるで別世界に迷い込んだみたいだね』

「真剣に悩んでるんだから、ふざけないで」

『ごめん。でもふざけてるわけじゃなくて、本当にそう思ってるんだ』

「どういうこと?」

『パラレルワールドって、聞いたことない?』

翔太の表情は見えないけど、声はいたって落ち着いている。

「本とか映画によくあるやつでしょ？」

『うん。これはあくまで俺の考えだけど、よっちゃんっていう女の子は実際にいたんだ』

「いたよ、いたし会ったし喋ったもん」

手も繋いだし、互いに抱きしめ合ってその温もりも感じた。

『だけど、智子がよっちゃんに会ったのは河原でだけでしょ？　他の場所で会ったことある？』

「ううん。あ、でも七夕祭りの時はいつもの河原の近くにある稲村橋にも行ったし、河川敷にも行ったよ」

『だけどその七夕祭りは、実際にはまだやっていないことになってる』

その通りだ、だからおかしい。おかしすぎて、町ぐるみで私をドッキリにかけているのかもしれないというくだらない想像までしてしまった。

『つまり、智子がよっちゃんに会う時だけ、どこか別の次元にある同じような世界に行っていた。もしくは……』

「もしくは？」

『時空の歪みが起きたとも考えられる。工事中だったはずの高速道路が完成していることからして、恐らく〝過去〟に行っちゃったとか』

「かっ、かっ……」

驚きすぎて、たった二文字の言葉を噛んでしまった。そんな荒唐無稽な話、すんなり受け入れられるはずがない。

『智子はこの六日間、川に向かう途中のどこかで現在から過去へ足を踏み入れていた。そして帰る時は、過去から現在へ戻る』

翔太の話は現実離れしすぎているけど、それをバカげた話だと笑うことはできなかった。もしもそうだったと仮定した時に、全ての出来事が綺麗に繋がるからだ。

『だから、智子が会っていたよっちゃんは、過去に小学三年生だったよっちゃんということになるよね』

「過去に……小学生?」

『それが何年前の過去か分かれば、よっちゃんの今現在の年齢も分かるかもしれないけど』

頭が混線状態の私とは対照的に、翔太は淡々と続ける。

『例えば、高速道路が完成したのはいつなのかとか……』

「えっ？　ちょ、ちょっと待って、本気なの？」

『本気だけど。それ以外考えられる可能性って、ある？』

私は数秒間考えたあと、「ないかも」と返事をした。

というか、パラレルワールドとか過去とか時空とかそんなことは今考えても分からない。だけどただひとつ確かなことがあるとすれば、もう一度よっちゃんに会いたいという強い気持ちだけだ。

「私、探してみる。このまま会えないのは嫌だから」

寂しいという気持ちはもちろんあるけど、それだけではない。万が一翔太の言うように私とよっちゃんのいる場所に時空の歪みがあったとしたら、消えたわけでも夢だったわけでもなく、よっちゃんは今もどこかにいるかもしれないということになる。

「ありがとう翔太、また連絡する！」

電話を切った私は、疾風のごとく走った。よっちゃんが待っていると思ったら、駆け出さずにはいられなかった。私が今こうして必死になって探しているのと同様に、よっちゃんも私からの電話を待っているかもしれない。このままでは、私は約束を破ることになってしまう。ふたりでご飯を食べようと提案した時あんなに喜んでくれたのに、よっちゃんに悲しい思いをさせてしまう。

よっちゃんのことを思い懸命に走って向かった先は、相馬さんの家だ。玄関の前に着いて息を整えていると、翔太からＬＩＮＥが届いた。

【調べたら、鹿角八幡平(はちまんたい)インターチェンジから十和田インターチェンジまで開通したのは、三十七年前だったよ】

三十七年前。ということは、翔太の説が現実に起こったと仮定した場合、開通前のよっちゃんの年齢は九歳なのだから、今は少なくとも四十六歳は越えていることになる。

スマホをしまった私は、本日二度目のインターホンを押した。出てくるまでの間、どう聞くべきかを頭の中で必死に整理する。時空だの過去だのは、私と翔太の関係だから成り立つ会話だ。他の人にはきっと通じない。

「はぁい！　あれ？　どうしたの？」

「度々すみません」

早苗さんは多少驚いた顔を見せつつ、先刻聞いたばかりの明るい声で家の中に入れてくれた。

「ちょうど母さん達も帰ってきたから、ご飯食べる？」

「あ、いえ、あの……」

「何があったんだが？」

欠片ほどの情報でもいいから何か教えてほしいという強い願いを込めて、私は切り出した。

「聞きたいことがあるんです。昔、少なくとも高速道路が開通する三十七年より以前まで、この辺りに川が流れてましたよね？」

私は自分のスマホに地図を表示し、拡大して見せながら話をした。おばさんと早苗さんはグッと身を乗り出す。おばさんはテーブルの上にあったメガネをかけ、地図をジッと見つめていた。

「母さん分かる？」

早苗さんが知らないとなると、早苗さんに物心がついた頃にはすでに川はなかった？

「あぁ、したっけ昔に道路さなってしまったんだ」

「おばさん、知ってるんですか？」

「知ってらよ、ねぇ」

おばさんが意見を求めるように隣に座っている岩渕さんを見ると、岩渕さんは

「んだな」と言って頷いた。

「えっと、じゃー、ちょっと変なこと聞きますけど……」

私は両手を膝の上に置き、姿勢を整えた。

「昔、すごく昔に、高速道路が開通する前なので三十七年くらい前に〝よっちゃん〟と呼ばれていた女の子を知りませんか？　今は多分四十六歳以上になっていると思うんですが。えっと、子供の頃の苗字は森嶋だったんですけど、小学三年生の時に恐らく苗字が変わってると思うんです。なんていう苗字になったかは分からなくて、それで……」

しどろもどろだとしても、どうにか伝えようと知っている情報を全て伝えた。

「もし何かちょっとでもいいので、心当たりがあれば教えてほしくて。でも、すみません、わけ分かんないですよね……」

すると、おばさんはかけていたメガネを外し、眉をひそめて「そうね……」と呟いた。

そう、こんな説明で伝わるわけがない。諦めかけた時、

「おばさんは言えないがら、長谷川さんのえさ行ってみなさい。そうすれば、分がるで思うがら」

昨日挨拶に行った、親戚の長谷川さんのことだ。でも、どうして？

「母さん知ってるの？　それなら教えてあげればいいのに」

「おばさんが話すことはできねぇの。おばさんは、ただのお隣のおばさんだんで」

ただのお隣のおばさん？　どういうことだろう。分からないけど、おばさんのいつもの優しい表情の中に、真剣な色が表れている気がした。ただ、今確かなのは、長谷川さんの家に行けば何かが分かるということだ。小さい頃から私達に良くしてくれているおばさんがそう言うのなら、疑う余地はない。

「分かりました。ありがとうございます」

立ち上がって深くお辞儀をした私は、相馬さんの家を離れた。

タクシーに乗っている間はよっちゃんのことばかりを考えていた。しばらく走ったあと、タクシーが止まる。

「ありがとうございました」

車を降りた私は、ドアの前で小さく深呼吸を繰り返したあと、インターホンに手を伸ばした。

「どちら様？」

鳴らす寸前に声をかけられ振り返ると、長谷川のおばあちゃんの娘、久恵（ひさえ）さんがスーパーの袋を両手に持って立っていた。

「あれ？　もしかして、智子ちゃん？」

久恵さんも五年前に祖母の葬儀で会ったきりだった。

「ご無沙汰してます」

「昨日来てくれたって聞いたけど、会えなかったから残念だなぁって思ってたのよ。とりあえず入って」

ドアを開けて中に招いてくれた久恵さんは、私にリビングで待っているよう促し、荷物を置きに奥へと入っていった。

「ごめんね、今おばあちゃん出かけてて」

ジュースをテーブルの上に置きながら久恵さんが言った。

「気を遣わせてしまってすみません」

私達一家が長谷川さんの家に遊びに来る時は、必ず久恵さんもいた。今は埼玉に住んでいて、お盆になると帰省していると、そんな話を母と久恵さんがしていたのを聞いた記憶がある。

「久恵さんは、夏休みで帰省してるんですか？」

「うん、そうなの。いつもは主人の休みに合わせてお盆休みだったんだけど、今年はちょっと事情があって少し早めに私だけ来てるんだ。子供達はもう独立してるし、一緒について来るっていう年齢でもないからね」

「そうだったんですね」

詳しいことは知らないけど、久恵さんは母と同年代で、娘がふたりいる。その娘達は私よりも少しお姉さんで、何度か一緒に遊んだことがあった。

「でもよかった。まさか智子ちゃんに会えるなんて思ってなかったから。それで、どうしたの？」

「実は聞きたいことがあって、さっき相馬さんの家に行ったんですけど、相馬のおばさんから長谷川さんに聞いてみなさいって言われたんです」

「相馬さんが？」

久恵さんは、お盆を置いて私の向かい側に腰を下ろした。

翔太の言っていたことが実際にあり得るとは思えないけど、相馬のおばさんは何かを知っているようだった。だからこそ、長谷川さんに聞くようにと私に教えてくれたのだ。

「はい。それで、突然押しかけて変なことをお聞きしますが、よっちゃんという女の子……えっと、ハッキリとした年代は分からないんですが、三十七年くらい前に九歳で、今は多分四十六歳前後だと思うんですけど、森嶋という苗字だった、よっちゃんという女の子を知りませんか？」

よっちゃんに繫がる情報があればどんなことでもいいと思いながら尋ねると、久恵さんは雷に打たれたように目を見張った。そして、瞬き(まばた)を忘れて私を直視している。

「久恵さん？」

「あ、ごめんなさい。それはその、森嶋という苗字だったとか、そういうのは誰から聞いたりしたのかな？」

「えっ？　あぁ、えっと……」

昨日まで遊んでいた河原が一晩で道路に変わっていて、昨日まで会っていたよっちゃんは突然消えて連絡が取れなくなってしまったというのが真実だけど、そこまで詳しく話すと久恵さんを困らせてしまいそうなので言えない。

「はい、まぁ……そんな感じです」

今度は腕を組んで俯(うつむ)いてしまった久恵さん。知らないという言葉ですぐに終わらせずに、わざわざ問い返してくるということは、何か心当たりがあるのかもしれない。

「どんなことでもいいので、何か知っていたら教えてほしいんです」

切実な願いだと分かってもらうため、私は頭を下げた。

「……そうね。でも、私は……」

言い淀む久恵さん。すんなりと教えられない理由でもあるのだろうか。

「そうだ、剛志さん！　智子ちゃん、お父さんの連絡先を教えてくれないかな？」

「お父さん、ですか？」

戸惑う私に、久恵さんは頷いた。父の連絡先をどうして？　疑問に思いながらも、何かがひとつずつ確実に繋がっていっている気がした私は、久恵さんに父の携帯番号を教えた。

「ちょっとテレビでも見て待っていてくれる？」

久恵さんはそう言いながらリモコンを操作し、テレビの電源を点けてから部屋を出て行った。残された私はどうしていいのか分からなかったけど、とりあえず待つしかない。テレビでは、ドラマの再放送が流れていた。ワンクール前に流行った恋愛ドラマだ。結構なブームになったらしいのだけど、私は一度も見たことがない。

それよりも、久恵さんの様子が気になる。

リビングから廊下を覗いてみたけど、久恵さんの姿は見当たらなかった。どこか別の部屋で電話をかけているのだろうか。でもどうして？　なぜ娘の私の前で電話をしないのだろうか。普通に考えたら聞かれたくないからなのだろうけど……。

ドラマの内容は全く頭に入ってこないまま、しばらくして久恵さんが戻って来た。

私は背筋を伸ばし、膝の上で両手を強く握る。

「お待たせしちゃってごめんね」

「いえ。それで、父とは？」

「うん。剛志さんに確認したんだ」

確認？　何を？　よっちゃんを知っているかという質問から、父に確認を取ることがどう繋がるのだろうか。無関係にしか思えないけど。

「どこから話せばいいのか難しいな。こう言ったらあれだけど、智子ちゃんや光志くんに直接影響があるとかそういうことは全くなくて、だからそんなに身構えなくても大丈夫なんだけどね」

気づけばテーブルに身を乗り出し、眉間に力を込めている自分がいた。

「すみません。なんだか凄く緊張してしまって」

期待と不安が入り混じる中、できるだけリラックスするように肩から力を抜いた。

「あのね、よっちゃんのことは……、智子ちゃんもよく知っているのよ」

私は、無言で首を傾げた。〝よく〟という言葉が何を表しているのか分からなかったからだ。それに久恵さんは今、『よっちゃん』と言った。つまり、久恵さんがよっちゃんを知っているということで間違いない。

私は息を呑み、久恵さんから語られる言葉を待った。

「よっちゃんは、あなたのお母さん、清子(きよこ)の……あだ名よ」

その瞬間、ドクドクと波打つ心臓が痛いほど激しく轟(とどろ)く。思いもよらなかった言葉に脳が揺さぶられ、声を立てられなかった。

よっちゃんが……お母さん？

そんな、まさか……。だって、母は森嶋清子ではない。

えも言われぬ感情に戸惑いながらも、理解しきれていない気持ちをなんとか平らにし、久恵さんが発する言葉と向き合った。

「きよこ、っていう名前は子供だった私達にはなんだか言い難くてね、最初は『よっこ』って呼んでたの、だけどそれがいつからか『よっちゃん』に変わってて、小学生の頃はずっとそう呼んでたの」

『みんなからはよっちゃんて呼ばれてるの』

初めて会った日、よっちゃんはそう言った。

「清子と私はね、同級生なのよ。小学校から中学までずっと一緒だったの」

「……えっ？　そ、そうだったんですか？」

そんな話は聞いたことがなかった。だけど、自分の母親が若い頃に誰と友達で同級生にどんな子がいたかなんて、普通は分からない。知らなくて当然だ。

「清子とは親戚でもあり、友達でもあったんだ。だからね、全部知ってるの」

何を？　そう訴えかけるように、私は久恵さんを見つめた。

「清子は剛志さんと結婚して田村清子になった」

その通りだ。だからその娘である私は、田村智子。

「結婚する前の清子の旧姓は、樋口」

それも知っている。祖父母の苗字は樋口だから。

「でもね、実はその前にもうひとつ……清子には違う苗字があったの」

「――……えっ？」

どうしてだろう。上手く噛み合わなかった不思議な何かが、頭の中でひとつ、またひとつとはまっていく。

「清子はね、九歳の途中まで……〝森嶋〟という苗字だったのよ」

目の前を、強い閃光(せんこう)が走った。

息ができないほどの強い風が吹き、ひゅっと心臓を握られたような感覚に陥ったかと思えば、胸の中にじわじわと温かい何かが広がっていく。

「あっ……え……」

言葉が、出ない。ずっとずっと、何があっても我慢して耐えてきたのに、私は……。

「実はね、清子、子供の頃に産みの親から虐待を受けていて。といっても暴力とかそういうんじゃなくてね、ネグレクトっていう虐待。いつからだったのか私は詳しく知らないけど、母親は清子の世話をしなくなったの。だけどね、そんな彼女が大きな病気も怪我もせずに明るくいられたのは」

知っている。どうしてよっちゃんが元気に笑っていられたのか。その理由を私は知っていた。

「智子ちゃんのおばあちゃんとおじいちゃんがいたからなのよ」

ずっと我慢してきた。泣いちゃいけないと思っていた。母を助けてあげられなかった私が泣いたら駄目だ。泣く権利なんかないって。何度も何度も泣きたくなったけど、そのたびに耐えた。

だけど、もう泣いてもいいかな……。

『ともちゃんは、お兄ちゃんのことが心配なんだね？』

『お父さんも恋人がいるからこんなに笑ってるんじゃないかな？』

『優しいは最強だよ』

家族や恋人や自分自身のことで悩み、どこかバラバラな気持ちをどうしていいのか分からず途方に暮れていた。

だけどそのたびにあの子は、よっちゃんは、不安定な私の心にピタリとはまる優しい言葉をくれた。そして……。


『わたしはともちゃんが大好き。ともちゃんが家出してくれてよかった。鹿角に来てくれて、よかった。本当に頑張ったんだね、凄いね、偉いね。川でわたしに声をかけてくれてありがとう。生きていてくれて……ありがとう』


もう、泣いていいよね？

よっちゃんの顔を思い浮かべた瞬間、自分の瞳から温かい涙が一気に溢れ出した。

一度流れた涙はどうやっても止まらなくて、よっちゃんのかわいい笑顔を、母の優しさを思い出すたびに涙がこぼれ落ちる。天を仰いでも、湧いてくる涙は止められない。

「智子ちゃん大丈夫？　ごめんね、突然こんな話をしちゃって驚いたよね」

涙を必死に拭（ぬぐ）いながら首を横に振った。

「ちが、違うんです。私……ごめんなさい」

久恵さんが話してくれてよかった。今ここで、鹿角にいる間に全てを知ることができて、本当によかった。

よっちゃん、つまり母は、自分の母親の姉である伯母さん夫婦が引き取り、のちに特別養子縁組で家族になったという。その後、引っ越しをしたのだろう。そして隣人になったのが、相馬さんだ。

相馬のおばさんは祖母から聞いたのか、もしくはよっちゃん本人から聞いたのかは分からないけど、何かの拍子に養子のことを知ったのだと思う。だからあの時、『おばさんは、ただのお隣のおばさんだんで』と言ったのだ。隣のおばさんだから、勝手に養子のことを私に話すことはできない、そう思ったのだろう。そして、親戚である長谷川さんを訪ねるように言ってくれた。

久恵さんは、母が養子だったということを知らない私に、全てを話していいのか父に確認を取った。そして父は、久恵さんに話していいと許可したのだろう。母が養子だということは、私が旅先で親戚から聞いても問題はないと思えるくらい、きっと父にとっても些細なことなのだ。そして私にとっても、母が養子だろうがなんだろうが、祖父母は私の祖父母だし、母は母だ。

「話を聞かせてくれて、本当にありがとうございました」

涙で重くなった目を押さえながら、私は久恵さんにお礼を伝えた。

「そうだ、ちょっと待ってて」

玄関に向かった私を引き止め、久恵さんは大きな足音を鳴らしながら二階へ上がって行った。

「お待たせしちゃってごめんね。どこいったかど忘れしちゃって。嫌ね、歳取ると忘れっぽくって」

十五分ほど経って戻って来ると、久恵さんは手に持っていた物を見せてくれた。

「これは……？」

随分色あせているが、赤っぽい表紙のノートだった。

「中学で清子とは同じバスケ部だったから、ほぼ毎日一緒にいて本当に仲良しだったの。しかも親戚でしょ？　それで、一時期交換日記をしていたことがあって。それがこれ」

私は、久恵さんが持っているノートに目を当てた。

「清子があんなに早く亡くなるなんて思ってなかったから凄く悲しかったけど、智子ちゃんのほうがつらかったよね？　まだ高校生だったのに、本当に悲しかったよね」

久恵さんの言葉に、一度止まったはずの涙がまたじわじわと瞳の奥から湧き上がってきた。

「これは、智子ちゃんにあげる」

そう言って、私に差し出してきた。

「え、だけどこれは……」

「いつかあげようと思っていた物だから。それに、そんなにたいしたこと書いてないの。本当よ。読んだらくだらなくて笑っちゃうくらい。でも、智子ちゃんに読んでほしいし、持っていてほしいんだ」

久恵さんの気持ちをありがたく受け入れた私は、日記を手に取った。紙は柔らかく、一部破れている部分もある。これが随分古い物なのだということが、触るとよく分かった。

「それでね、この中に……いや、内容は自分で確認してみて。多分、清子の中で色んな偶然が重なったんだと思うの」

「分かりました。本当にありがとうございます」

私は日記を胸に抱き、頭を下げた。

＊

翌朝、今日もスッキリと目覚めた私は最後の朝食バイキングを楽しんだ。鰊の干物に甘めの玉子焼き、ネギとわかめの味噌汁に白米と納豆。フレンチトーストとベーコン、スクランブルエッグにサラダ。その全てをしっかりとゆっくり味わう時間は、幸せとしか表現できない。

コーヒーを飲み干した私は、食べた食器を綺麗に重ねて席を立った。部屋に戻り、荷物の準備をする。

尾去沢鉱山や十和田湖で買ったお土産はスーツケースに入るだけ詰め込み、残りは手に持った。そして忘れ物はないかもう一度ぐるりと見回したあと靴を履いてドアの前に立ち、部屋に向かって一礼する。

七日間、お世話になりました。

フロントでチェックアウトの手続きをしてから、女将さんと仲居さんが見送りをしてくれた。

「本当にお世話になりました。とても過ごしやすいホテルで、朝食も毎日とても美味しかったです。来年もまた泊まりに来ようと思ってます」

「こちらこそ、ありがとうございました。田村様のまたのお越しを、従業員一同心よりお待ちしております」

上品な笑顔と最後まで丁寧な対応で見送られた私は、鹿角花輪駅に向かった。今日も盛夏の一日になりそうな空の下、駅を背にして鹿角の町を見回した私は、綺麗な空気をお腹いっぱいに吸い込んでから駅の中に入った。

ホームには、七夕祭りのポスターが貼ってあった。今日は八月八日なので、最終日だ。実は昨日の夜、ひとりで稲村橋に行ってねぶたを見るかどうか迷ったのだけど、結局行かないという選択をした。よっちゃんと手を繋いで見たあの日が、私にとっての七夕祭りだから。

次は翔太も一緒に、また来年必ず見に来ると誓い電車に乗り込んだ。窓際の席に座り、私は父と兄にそれぞれ同じメッセージを送った。

【今から帰ります】

帰りの新幹線の中、私は久恵さんから受け取った交換日記を開いた。中学一年生だったふたりが書いたそれは、久恵さんの言う通り本当に些細な出来事をお互いに報告したり、恋愛相談をしたりという内容だった。時には絵だけを描き合うという謎の日々が三日続いていたり、有名人の名前でしりとりをしたり、という遊びも混ざっていた。

クスクス笑いながらページを捲ると、よっちゃんの日記にこんなことが書かれていた。

昔の話っていえば、時々思い出すことがあるんだけど、久恵にしか言わないから絶対に笑わないでね。

わたし、小学三年生の夏休みに、〝ともちゃん〟っていうひとりの女の人に出会ったんだ。見た目は普通のお姉さんだったんだけど、毎日会って遊んだり話したりしたの。正直全部覚えているわけじゃないけど、ともちゃんが何かに悩んでいたっていうのは覚えてる。

それでね、今でこそ久恵にも笑って話すけど、あの時は親のことで本当にどうしていいか分からなくて悩んでて、そのともちゃんっていうお姉さんに養子のこととか全部話したんだ。まだ会ったばかりなのにどうして話したりしたのか、ほんと自分でも不思議なんだけどね。だけど、ともちゃんに話したからこそ、今の自分があるのかなって時々思う。

で、ここからが本題なんだけど。ある日、ともちゃんと一緒にご飯を食べる約束をしたんだけどね、電話するって言ってくれたはずなのにいつまで待ってもかかってこなくて、町の中を探しても見つからなかった。だから、泣きながらお母さんに言ったの。「ともちゃん、約束忘れちゃったのかな」って。そしたらお母さん、なんて言ったと思う？

「ともちゃんって、誰？」

（怖い話とかそういうんじゃないからね！）

おかしいんだよ。だって、お母さんはともちゃんに会ってるの。わたしの話も聞いていて、「新しい友達ができてよかったね」って言ってくれたのに。おかしくない？

だけどね、何度聞いてもお母さんはともちゃんのことを覚えてなかった。だから、時間が経つにつれて、あれは夢だったのかな？って思うようになったんだ。産みの親のことで悩んでたわたしが、勝手に作り出した妄想だったのかなって。

だけど心のどっかで、ほんのちょっとだけ、やっぱりともちゃんはいたんだって思うことがたまーにある。顔や声は年々私の記憶から薄れていって、今ではもうほとんど覚えてないんだけど、一緒に七夕祭りを見た時の光景とか、ともちゃんと繋いだ手の感触とか、抱きしめてもらった温もりは残ってるの。

ともちゃんは、間違いなくわたしにとって大切な人だったんだ。

バラバラだった私の心は、この七日間でひとつずつ繋がっていった。そしてさっきまで空いていたはずの小さな穴に、最後の一ピースがパチンと音を立てて綺麗にはまる。

日記を閉じた私の目に、また涙が浮かんだ。

私が必死になって探していた時、よっちゃんも同じように私を探してくれていた。電話できなくてごめんね。悲しませちゃってごめん。約束破ってごめん。

だけど、遠く離れていたはずの私達は、またこうして繋がることができた。友達じゃなく、今度は親子として。

この夏の不思議な七日間は、悩み苦しみ自分を責め、悲しみを誤魔化すかのように毎日必死に生きていた私のために、母が過去の自分と引き合わせてくれたのだろうか。

よっちゃんを通して、『頑張ったね』と伝えるために。そうだとしたら、嬉しい。

私はバッグに手を入れ、ハンカチに包んでいた小さなピンク色の綺麗な石を、優しく握りしめた。

*

「ただいま！」

家出を終え、六日ぶりに家に戻った私は部屋に荷物を置いてすぐにリビングへ向かった。

「おかえり」

兄にそう言って迎えられ、私はギョッとした。食事とお風呂の時以外はほぼ自室にいる兄がリビングのソファーに座っているだけでもかなりの違和感なのに、「おかえり」なんて言われたのは何年ぶりだろうか。

「た、ただいま」

もしかして、私が帰って来るのをリビングでずっと待っていた？　いや、それはそれで気持ちが悪いぞ。私は別にもう、優しくて頼れる兄になってほしいと思っているわけではない。人に迷惑をかけず、仕事を探して、ただ昔のように明るく笑って生きていてくれたら、それでいい。

やらなければいけないことがある私は、帰ってきて早々和室の押入れを開けた。上下に分かれている押入れの下の段は、前に父とネクタイを探すために漁った時と変わらないので、上の段に片づけてある段ボールや衣装ケースをひとつずつ出して確認した。

上から下に段ボールを下ろすのはかなりの重労働で、エアコンが効いているにもかかわらず、額に汗がじわりと浮かんだ。ちらりとリビングに視線を移すと、兄はソファーに座ったまま私の動向を見ていた。それなら「何やってんの？　手伝おうか？」とか言ってくれてもいい場面なのだけど、微動だにせずただ見ているだけ。けれどそれが私の兄なので、こんなことではもう腹を立てたりしない。

段ボールを下ろして中身を確認し、戻す。その作業を三十分ほど繰り返した時、ようやく探し物が見つかった。

「これだ……」

　私がそう声を落とすと、何をそんなに慌てて探しているのだ、と言いたげな顔で少し身を乗り出した兄。私は段ボールを自分の部屋まで運び、紙袋を持ってもう一度リビングに戻った。

「これ、お土産。相馬さんと長谷川さんから野菜も送られてくると思うよ」

「……えっ、秋田に行ってたの？」

「そうだよ」

「なんで？」

「行きたかったから」

「俺も行きたかった」

「いや、知らんよ。行けばいいじゃん」

「なんだよ。じゃーこれ食べていいの？」

　母が死んでからは優しく接しようと心がけていたものの、それが私にとっては逆にストレスの一因になっていたのかもしれない。らしくないことは無理にする必要はない。だから、素っ気ない言い方に聞こえるこのやり取りのほうが自然で、私達兄妹らしいのだ。

「いいよ。でも全部じゃないからね。みんなで分けるんだから」

兄は「分かってるよ」と言って、紙袋からお土産を取り出してひとつずつテーブルの上に並べた。その間、私は自分の部屋に戻る。

「さて……」

段ボールを開け、中身を取り出した。入っているのはアルバム類。私と兄の写真は何度も見たので省略。茶色くてやたら分厚いアルバムには、母と父が結婚した前後の写真が貼られていた。

「お母さん、やっぱかわいいよな～」

私の知っている母はずっとボブヘアーだったので、黒髪さらさらロングヘアの母は新鮮だ。そこにはどこかよっちゃんの面影も残っている。そして父もめちゃくちゃ若いし痩せている。この写真であれば、スタローンに似ていると言っても頷ける。

全てのページを捲り終えると、アルバムの横に入っていた紙袋を取り出した、中には大きなアルバムに貼りきれなかった写真が丁寧にまとめて束にして入れてある。前に手帳が入っていた段ボールにもまとめられた写真が入っていたけど、それと同じようにしてあった。

手に持って一枚ずつ見ていくと、母と父の写真の他にも私や兄の小さい頃の写真も何枚か混ざっていて、懐かしさにしばし浸った。

全ての写真に目を通し、残り一枚となったその時、私は一度目を瞑った。どうしてそうしたのか、自分でもよく分からない。でも、触った瞬間に感じたのだ。やっと〝会える〟と。

深く息を吸い込み、この七日間の光景を脳裏に浮かべながら、私は徐に瞼を開いた。

そこに写っていたのは、両親に挟まれて幸せそうに微笑んでいる、よっちゃんの姿だった。間違いなく、私が鹿角で出会ったよっちゃんその人だ。

「よっちゃん……」

長い間我慢して溜め込んできた涙が、今は栓が外れたみたいに簡単にこぼれてしまう。

「よっちゃん、凄く幸せそう」

この写真に写るよっちゃんは、私がこれまで見てきた笑顔の中で一番輝いて見えた。それだけで、新しい父と母が……私の祖父母がどれだけ母を愛していたのかが、伝わってきた。

大好きな祖父母が、孤独だった幼い母にたくさんの愛情を注ぎ続けてくれた。そして母は父と出会い、兄と私はふたりの愛情を受けてここまで大きくなることができた。

腹を立てたり怒鳴ったり、嫌になったり悲しくなったり、一緒にいればそんなことはあたり前にやってくる。血の繋がりがあろうがなかろうが、それはきっと相手のことを考えていたら自然と起こってしまうことなのだ。

父や兄に対して思うところはたくさんあったけど、もしかしたら、私が一番前を向けていなかったのかもしれない。無理して必死になっていた私を見かねて、母が手を差し伸べてくれたのではないだろうか。

田村智子はなんでもできるしっかり者？　どこが？　母はきっとそう言って笑っているはずだ。だって私は面倒くさがりだし、ガサツだし、ネガティブだし、寂しがり屋。そして本当は、泣き虫なんだ。涙を流さないようにしていただけで、心の中ではいつも泣いていた。

母と一緒に歩いた道をひとりで歩くだけで、泣いていた。母が大好きだったイケメン俳優が出ているドラマを見ては、泣いていた。お店で美味しいパスタを食べた時、母にも食べさせてあげたかったなと思って、泣いた。もう二度と母とは一緒に旅行に行けないんだと想像するだけで、泣いた。面白いお笑い番組を見て声を出して笑った時も、そこに母がいてくれたらと、泣いた。彼氏ができた時、母に報告できなくて泣いた。悩んでも、母に聞いてもらうことができなくて、泣いた。私はこの二年間、ずっと母の面影を追い続けて、心の中で泣いていたんだ。

これからもきっと、泣くと思う。だけど私は、母からもらったたくさんの愛情を繋げていきたい。だから、前を向こう。

〝愛せていただろうか〟

実の母親から愛情を受けることができなかった母は、そんな自分が結婚して子供を産み、育てることに少なからず不安はあったに違いない。母は私達にたくさんの愛情を注いできたけど、それが本当に家族に伝わっているのだろうか。心の奥底に感じたそんな不安の欠片を、母は一度だけ文字という形で吐き出した。ただの想像だけれど、あの言葉の意味を私はそんなふうに考えた。

でもね、母がもし今私に〝愛せていただろうか〟と聞いてきたとしたら、答えは決まっている。

「もちろんだよ」

第六章

繋がるもの

大学を卒業した私は食品関係を扱う会社に就職し、人事部に勤めて三年が経った。兄は和食レストランの厨房でバイトをはじめてもうすぐ五年になる。真面目な働きぶりを評価され、正社員にならないかと言われているらしい。本人は渋っているらしく、そのことで先日少し喧嘩になった。父は相変わらず仕事中心の生活だけど、例の彼女とはまだ続いていて、趣味のゴルフも元気に続けている。そんな田村家の日曜日、今日は翔太が家に来ることになっている。とりあえずは、みんなで昼ご飯を一緒に食べるという名目で。

「ねぇ、これで本当に大丈夫？　やっぱり着替えたほうがいいんじゃないかな？」

「もう、これで何回目よ！　いいって言ってるでしょ！　家なんだから堅苦しくする必要なんかないいんだし、翔太にもそう言ってあるから」

私は鍋に野菜を入れながら、リビングでソワソワしている父に向かって言った。するとと今度はキッチンに入って来た兄が、水に浸してあるごぼうを見ながらジェスチャー付きで文句を言ってきた。

「ささがきごぼうって、もっと細くない？　これ、太いよね。もっとこう、シャッシャッてやらなきゃ」

「それなら自分で切ってください！　嫌なら食べるな」

「嫌とは言ってないじゃん。今日も智子はカリカリしてんな。翔太くんは、こんなののどこがいいんだか」

　ムッとしながら隣にいる兄を睨み、ごぼうを鍋の中に入れた。

「どうでもいいから、お兄ちゃんはコンロ運んでよ」

「はいはい」

　こういう時、母がいてくれれば全て丸く治まるのに。母が美味しい料理を用意してくれて、私は兄と無駄な言い争いをすることもなく、ただそこに座って待てばいいだけだ。

　でも我が家に母はいないので、口喧嘩をしながらも自分でやるしかない。

「お兄ちゃん、これも運んじゃって」

　具材に火が通ったので声をかけると、タオルを両手に持った兄が、鍋をキッチンからリビングへ運んだ。テーブルの上に用意したコンロに鍋を置いたところで、家のインターホンが鳴る。

「あ、来たよ」

玄関を開けると、スーツ姿の翔太が緊張した面持ちで立っていた。

「なんでスーツ？　普段着でいいって言ったのに」

「やっぱ色々考えて、着たほうがいいのかなっていう結論に達したんだ。だって一生に一回でしょ？　やり直しってないわけだし」

「そうだけど」

「それにさ、普段仕事でもスーツはあまり着ないから、冠婚葬祭以外でも着てみたいって思ったんだよね」

「まぁ、いいか……」

玄関で靴を脱いで家に上がった翔太は、出迎えた父に向かって頭を下げた。

「お邪魔します」

「はい、はいどうぞ、翔太くん久しぶりだね、遠慮しないで入って。今日はきりたんぽだって、智子から聞いたかな？　きりたんぽって秋田の郷土料理で、お母さんの実家が秋田なんだけどね、美味しいんだよ。食べたことある？　うちはもう毎月食べてるから。あとね、鰰っていう魚も美味しくてね、酒のつまみにも合うんだ。今度一緒に飲もう。翔太くんはスナックとか行く？　あ、智子の前じゃ言えないか」

　廊下を歩きながらあははと笑い、リビングに入った父。急に早口で喋り出すし、いくらなんでも緊張しすぎだ。だけど翔太は嫌な顔なんて少しもせず、微笑みながら父の話を聞いていた。

「先に手洗ってくるね」

　私にそう告げて翔太が洗面所に行っている間に、私は翔太が脱いだジャケットをハンガーにかけた。

「さぁ、そこに座って。ちょうどいいタイミングで鍋ができたところだから」

　戻ってきた翔太を見て父が席に着くと、それに続いて翔太も父の向かいに腰を下ろす。兄は全員分の取り皿を運んで座り、最後に私は飲み物を用意して翔太の隣に座った。そして父の「よし、食べよう」という言葉に続いてみんなでいただきますをし、食べはじめた。

　私が作っただけあって、母と同じ味でとても美味しい。

「どう？　美味しいでしょ？」

「はい、凄く美味しいです」

　父に聞かれ、翔太が答えた。美味しくないとは絶対に言えない状況だけど、たとえ言える状況であっても翔太は絶対にそんな言葉を口には出さない。なんでも美味しく食べてくれる翔太は、たとえ好みの味ではなかったとしても、どこか良いところを見つけて必ず褒めるような人だから。

「ねぇ、今までずっと聞けなかったことがあるんだけど、聞いていい？」

私は父に向かって言った。

「何？　変なこと聞くなよ」

母が養子だったということは、五年前、私が家出をして帰ってきた時、父から改めて聞いた。兄はとても驚いていたけど、それだけだった。驚いただけで、母への気持ちは何も変わらない。

「お母さんが養女だってこと、どうしてずっと内緒にしてたの？　もっと早く、お母さんが生きている時に教えてくれてもよかったのに」

別に不満だとかそういうわけでは決してなく、ただ疑問に思っただけだ。

「なんだっけな？　あぁ、確かお母さんが言ったんだよ。『大事なのは、自分のことを本当に大切に想ってくれている人は誰かってことだから』って。だから、お母さんが養子だろうがなんだろうが、子供達にわざわざ深刻そうに打ち明ける必要はないって」

それは五年前、悩んでいたよっちゃんにかけた私の言葉だった。

「そっか、納得」

本当は泣きそうだったけど、私は熱々のきりたんぽを口に含んで誤魔化した。

「あともうひとつ」

口の中の物を飲み込んでから、私は話を続けた。

「私の名前って、おじいちゃんから取ったの？」

祖父の名は智（さとし）という。だから、そこへ単純に〝子〟という字をつけて智子にしたのだとずっと思っていた。全国の智子さんには申し訳ないが、「平成生まれでなぜ智子なんだ」と少し不満だった。しかも兄の名前は光志。私と母が大好きなミュージシャンと同じ、とびきりかっこいい名前を付けられているのに、なぜ私だけ？　昔はそう思っていたのだけど……。

「おじいちゃんから取ったのかは分かんないけど、智子の名前はお母さんがつけたんだよ。絶対に智子がいいって言って、譲らなかったんだ」

やっぱりそういうことだったんだ。幼い頃のたった七日間、一緒に過ごした女の人の名前を、母はきっとずっと覚えていてくれた。

「そっか。いい名前だよね、智子って」

「うん、いい名前だね」

翔太も賛同してくれた。

「光志のほうが百倍かっこいいけどね」

ボソッと呟いた兄を睨むと、兄はとぼけた顔できりたんぽを口に運んだ。

「それでお父さん、智子さんと結婚させてください」

「いや、どういうタイミング⁉」

そう突っ込んだのは、私ではなく兄だった。

「いいね、そういうの俺好きだよ。翔太くん結構面白いね」

今の翔太の唐突な発言は、何やら兄のツボにはまったらしい。

「こちらこそ、智子をどうぞよろしくお願いします」

会話の流れなど関係ない翔太の言葉に、驚くこともなく父が答えた。最初からそう言われることを、どこかで分かっていたのかもしれない。

急に真剣な顔で互いの目を見ている父と翔太がなんだかおかしくて、私は思わず噴き出してしまった。次いで兄も笑い出し、結局四人で笑い合った。

母がいたあの頃と同じように、今も家の中には笑い声が響く。お母さんが見ていたら、きっと一緒になって笑っているはずだ。

そう思うだけで、私は幸せな気持ちになれた。

＊

十年後。

「もー幸乃(ゆきの)、いつまで歯磨いてるの？　さっさとしなさい！　髪の毛結ばないよ！　ちょっと大輝(たいき)！　ボロボロこぼれてるじゃん。いつも言ってるでしょ？　パン食べる時は体を少し前にしてって」

大輝が落としたパンくずを拾いながら、私は小さくため息をついた。

我が家の朝は、毎日こんな調子でバタバタしている。同じことをするだけなのに、いつまで経っても落ち着かない。私があと三十分早く起きて、あと十五分早く子供達を起こせばいいだけなのだけど、それができたら苦労はしない。

「ほら～、ふたりともファイト！」

一足先に準備を終えた翔太が、玄関で靴を履きながら子供達に声をかけた。

「じゃー行ってくるよ。帰りになんか買う物とかあればＬＩＮＥしてね」

「うん、行ってらっしゃい。気をつけて」

「パパ行ってらっしゃーい！」

　結婚して十年経っても、翔太は変わらず優しい。子供の面倒もよく見てくれるから、子供達もパパが大好きだ。

「幸乃、着替えなさい！　大輝も！」

だけど、ここ最近の私は怒ってばかりだ。

「班長の言うこと聞いて、前向いて気をつけてちゃんと歩きなさいよ。特に大輝、ふらふらしないでよ」

「大丈夫だよ、わたしが見てるから」

「は〜い」

　姉弟でも似ているのは顔だけで、性格は全く違う。私と兄のようだ。

「行ってらっしゃい」

　学校へ行くふたりを見送ったあと、私は仏壇に向かった。忙しすぎて、最近はお線香をあげるのを忘れてしまう時もある。

「お母さん、幸乃は三年生で、大輝は一年生だよ。早いね……」

　母になって初めて知った、母の苦労。それを乗り越えるのに、毎日が必死だった。父と兄の態度に腹を立てていたあの頃とは比べ物にならないくらい大変で、必死だ。

　この十年で、私は何度も泣いた。特に初めて妊娠した時は気持ちが不安定で、翔太に当たることが何度もあった。つわりが酷くて八キロも痩せた。出産してからも、友達はみんな里帰りをしているのに、私には母がいないから帰る場所がなかった。手探りで育児をして、幸乃が初めて熱を出した時も病気で入院した時も不安でたまらなくて、母がいてくれたらと何度も思った。そのたびに悲しくなって、たくさん泣いた。

　相変わらず心配性な私は、不安でいっぱいになることもある。それでもここまで無事に子供達が大きくなったのは、翔太が協力してくれたことと、母がいつでも側で見てくれているような気がしたからだ。ただの願望だけど、きっとそうに違いない。体が弱かったことが嘘のように娘が元気に大きくなったのも、大輝が驚くほど健康で風邪も引かずに毎日元気でいられることも、母が見守ってくれているからだ。そう思えば、私はいくらだって頑張れる。

「お母さん、そっちはどう？　天国って楽しい？」

　私の結婚式は見てくれた？　父も兄も翔太も友達までみんな大泣きしていて、結局私が一番冷静だったんだよ。

　映画などでよくある黄泉（よみ）の国が本当にあるのかは分からないけど、あったらいいなと思う。そうしたら、いつかまた会えるから。

そっちに行ったら話したいことがたくさんありすぎて、何から話せばいいのかちょっと困るけど、会いたいな。お母さんの手料理が食べたい。上達した私の料理も食べてもらいたい。よく一緒に行ったカラオケも、また行きたい。お酒も一緒に飲みたい。子供達の成長を、聞いてもらいたい。

お母さんの年齢を私が追い越して、おばあちゃんになって、この人生に幕を下ろした時に、きっと……。

「さて、洗い物しようかな……って、あ〜もう！　またパジャマ脱ぎっぱなし」

子供達のパジャマを拾い上げた時、ふと、フワフワした綿のような柔らかな何かに包まれている感覚になった。なんだろう、温かい。

立ち上がって顔を上げた時、あり得ない姿が私の目に映った。

大きな窓の側、私のことを見つめて立っていたのは、よっちゃんだった。

人生でたった一度だけ家出をした、あの七日間。私に大切なことを教えてくれた、大切な友達。そして私の……。

その時、よっちゃんは自分の眉間に人差し指を当てたあと、満面の笑みを浮かべた。

私は自分の眉間にシワが寄っていることに気づき、ハッと口を開く。

「あっ……よっちゃん！　お、お母さん！　私、幸せだよ！　まだ時々悲しくなる時はあるけど、翔太は優しいし子供達はかわいいし、それに、それにね、私……」

言いたいことはたくさんあるのに、上手く言葉にできない。もどかしくて、涙が溢れてきた。

窓から差し込む光に溶け込むように、よっちゃんが少しずつ薄くなっていく。

「待って、私まだ言いたいことある！　えっと、あのね！」

するとよっちゃんは、自分の右手を顔の横に持っていき、輝くような笑顔で私にピースをして見せた。

「よっちゃん……」

白いカーテンがふわりと揺れ、風と共によっちゃんの姿は消えてしまった。

笑顔だった。死んじゃったのに、幸せそうに笑っていた。

私はその場に座り込み、手に持っている子供達のパジャマを強く抱いた。

どれだけ大切で愛している人でも、手を離さなければいけない時は必ずくる。そうなった時、自分にできることは、受け取った優しさや温かさを別の大切な人に繋ぐということ。そして、繋いでもらうこと。誰でもいい、家族、友達、仲間。幸福なことに、私にはそうやって繋いでいきたい人がたくさんいる。

だから、大丈夫だよ。時々怒ったり苛々してしまうこともあるけど、あなたからもらったたくさんの愛情を、私は絶対に忘れないから。ずっとずっと、大切にしていくから。

だから、いつかまたもう一度会えた時、言えなかった言葉をあなたに伝えたい。

〝ありがとう、大好きだよ〟

あとがき

初めまして、菊川あすかです。この度は「君がくれた最後のピース」をお読みいただき、ありがとうございます。

私が小説を書く時になくてはならないこと、それは自分の経験です。全く共感できない物語は書くことができないので、全てでなくても設定やキャラクターなどのどこかに実体験や、その時の気持ちなどを入れて書いてきました。そういう意味でこの作品は、これまで私が出版してきた中で一番自分の思いを強く込めた作品なのかもしれません。

本作は家族との関係を軸に繰り広げられるお話ですが、私にとって母親の存在はとても偉大でした。この物語は、そんな私の心の中にあった気持ちを智子という主人公を通して描いたフィクションであり、ノンフィクションでもある作品です。

どのあたりが、というのは細かくは書きませんが、私の母の実家も智子の母親と同じ、秋田県鹿角市でした。

本当なら鹿角市まで足を運んで取材をしたかったのですが、このご時世なのでそれは叶わず、子供の頃に毎年帰省していた時のことを思い出しながら執筆しました。けれど、それが逆に色々なことを思い返す、いいきっかけになったなと思っています。

喫茶十和田のモデルになった店には実際に行った記憶がありますし（今あるのか、本当にそういう名前だったかは定かではないです）、河原で遊んだことも、いつの間にかその河原が道路に変わってしまったことも、大きくて綺麗な家に住む隣の優しいおばさんも、祖父母の家が取り壊されてしまったことも、花輪ねぷたを見た時の感動も。それら全ては私の記憶の片隅に眠っていただけなので、こうして幼い頃からの記憶を辿りながらこの作品を書くことができた時間は本当に幸せでした。

今作は何か大きな悲劇が起こるような重い話ではありません。さらに、よっちゃんや翔太の存在が物語を明るく前向きなものにしてくれていると思うのですが、気づけばなぜか泣きながら書いている自分がいました。私はよく小説を書きながら泣いてしまうのですが、そういう方は他にもいらっしゃるのかな？　と気になりつつ、小説家としてこの作品を書けたことで、またひとつ何かを乗り越えられた気がします。

物語の主人公である智子の母親が、残された家族を見てなにを思っていたのか。

本当のところは誰にも分からないですが、悩み苦しんでいた智子本人が最後にどう思うか、それが全てなのではないかなと思っています。

コロナ禍で大変な思いをしている方がたくさんいると思いますが、また元の生活に戻った時は、是非会いたい人にたくさんあって、たくさん話をしてほしいなと思います。そして智子が経験したように、絆の大切さや人から人へと繋がる想いや愛情を感じていただけたら幸いです。

本作出版にあたりお世話になった担当編集の篠原様、素敵な装画を描いてくださったイラストレーターの宮崎様、印象的な装丁を創り出してくださったデザイナーの西村様、出版社の皆様、そして、手に取ってくださった読者の皆様、全ての方々に感謝いたします。

最後に。
この作品と私の想いが、どうか遠い場所にいる大切な人にも届きますように。

二〇二一年八月　　菊川あすか

本書は書き下ろしです。

本作品はフィクションです。実在の個人、団体とは一切関係ありません。（編集部）

実業之日本社文庫　最新刊

伊兼源太郎
ブラックリスト　警視庁監察ファイル
容疑者は全員警察官――逃亡中の詐欺犯たちが次々と変死。警察内部からの情報漏洩はあったのか。ブラックリストが示す組織の闇とは!?（解説・香山二三郎）
い13 2

岩城裕明
呪いのカルテ　たそがれ心霊クリニック
30歳で死ぬ呪いを解くため悪霊を食べる医者？　日本で唯一の心霊科を掲げる恵介には、幽霊を見られる相棒が…。この恐怖は、泣ける！（解説・織守きょうや）
い19 1

宇佐美まこと
少女たちは夜歩く
魔界の罠にはまったら逃げられない――森の中で不可解な悲劇に見舞われる人々。悪夢を見た彼らに救いの時は？　戦慄のホラーミステリー！（解説・東　雅夫）
う7 1

菊川あすか
君がくれた最後のピース
母を亡くして二年、家族のため気丈に頑張ってきた大学生の智子。報われない毎日が嫌になり旅に出るが…。時空を越え、愛されることの奇跡を描いた感涙物語！
き5 1

草凪　優
冬華と千夏
近未来日本で、世界最新鋭セックスAIアンドロイドがデビュー。人々は快楽に溺れる。仕掛け人は冬華。著者渾身のセクシャルサスペンス！（解説・末國善己）
く6 9

今野　敏
罪責　潜入捜査〈新装版〉
廃棄物回収業者の責任を追及する教師と、その家族にヤクザが襲いかかる。元刑事が拳ひとつで環境犯罪に立ち向かう熱きシリーズ第4弾！（解説・関口苑生）
こ2 17

沢里裕二
桃色選挙
野球場でウグイス嬢をしていた春奈は、突然の依頼で市議会議員に立候補。セクシーさでは自信のある彼女はノーパンで選挙運動へ。果たして当選できるのか!?
さ3 14

実業之日本社文庫　最新刊

中山七里
ふたたび嗤う淑女
金と欲望にまみれた〝標的〟の運命を残酷に弄ぶ、投資アドバイザー・野々宮恭子。この女の目的は……人気悪女ミステリー、戦慄の第二弾！（解説・松田洋子）
な52

早見 俊
女忍び　明智光秀くノ一帖
卓越した性技をもち、明智光秀を支える「白蜜党」。武田信玄を守る名器軍団「望月党」。両者は最終決戦へ。新聞連載時より話題沸騰、時代官能の新傑作！

は72

南 英男
罠の女　警視庁極秘指令
熱血検事が少女買春の疑いをかけられ停職中に金属バットで撲殺された。極秘捜査班の剣持直樹は、検事を罠にかけた女、自称〈リカ〉の行方を探るが——!?

み720

木宮条太郎
水族館ガール8
いつまでも一緒にいたい——絶滅危惧種の保護問題に直面しつつ、進む由香と梶の結婚準備にさらなるハードル。そしてアクアパークにまたもや存続の危機が？
も48

遊歩新夢
三日後に死ぬ君へ
過去を失った少女と、未来に失望した青年。ふたりの宿命的出会いが奇跡を起こす!?　切なすぎる日々の果てに待っていたものは…。怒濤のラストは号泣必至！

ゆ31

吉田雄亮
北町奉行所前腰掛け茶屋　片時雨
名物甘味に名裁き？　貧乏人から薬代を強引に取り立てる医者町仲間と呼ばれる集まりが。彼らの本当の狙いとは？　元奉行所与力の老主人が騒動解決に挑む！

よ58

実業之日本社文庫　好評既刊

赤川次郎
花嫁は迷路をめぐる
モデルとして活躍する姉の前に死んだはずの妹が現れた!?　それと同時に姉妹の故郷の村役場からは2000万円が盗まれ――。大人気シリーズ第32弾！
あ121

安達 瑶
紳士と淑女の出張食堂
このご時世で開店休業状態の高級ケータリング料理店。どんな依頼にも応えるべく、出向いた先で毎度珍事件が――抱腹絶倒のグルメミステリー！
あ87

井川香四郎
桃太郎姫 百万石の陰謀
讃岐綾歌藩の若君・桃太郎に岡惚れする大店の若旦那が、実は前加賀藩主の御落胤らしい。そのことを利用して加賀藩乗っ取りを謀る勢力に、若君が相対する！
い108

江上 剛
銀行支店長、泣く
若手行員の死体が金庫で発見された。調査の中で、同行が手がける創薬ビジネスのキーマンである研究医との奇妙な関係が浮かび上がり――。傑作経済エンタメ！
え14

今野 敏
処断　潜入捜査〈新装版〉
魚の密漁、野鳥の密猟、ランの密輸の裏には、姑息な経済ヤクザが――元刑事が拳ひとつで環境犯罪に立ち向かう熱きシリーズ第3弾！（解説・関口苑生）
こ216

西條奈加
永田町小町バトル
待機児童、貧困、男女格差……ニッポンの現代社会に巣食う問題に体当たり。「キャバ嬢議員」小町の奮闘を描く、直木賞作家の衝撃作！（解説・斎藤美奈子）
さ81

実業之日本社文庫　好評既刊

櫻いいよ
きみに「ただいま」を言わせて
小学生の舞香は五年前に母親と死別し、母の親友とその夫に引き取られる。血の繋がらない三人家族、それぞれが抱える「秘密」の先に見つけた、本当の幸せとは!?

さ91

櫻井千姫
16歳の遺書
私の居場所はどこにもない。生きる意味もない――。辛い過去により苦悶の日々を送る女子高生・絆。だが、ある出会いが彼女を変えていく……。命の感動物語。

さ101

辻堂ゆめ
初恋部　恋はできぬが謎を解く
初めて恋をすることを目指して活動する初恋部の女子高生四人。ところが出会うのは運命の人ではなく校内で起こる奇妙な謎ばかりで……青春×本格ミステリ！

つ41

葉月奏太
寝取られた婚約者　復讐代行屋・矢島香澄
IT企業社長・羽田は罠にはめられ、彼女と会社を奪われる。香澄に依頼するも、暴力団組長ともうひとりの復讐代行屋が立ちはだかる。超官能サスペンス！

は611

睦月影郎
淫魔女メモリー
小説家の高志は、裏庭の井戸から漂う甘い香りに誘われて降りてみると、そこには地獄からの使者が!?　淫魔大王から力を与えられ、美女たち相手に大興奮！

む214

南 英男
偽装連鎖　警視庁極秘指令
元IT社長が巣鴨の路上で殺された事件で、タレントの恋人に預けていた隠し金五億円が消えていたことが判明。社長を殺し、金を奪ったのは一体誰なのか!?

み719

実業之日本社文庫　好評既刊

相場英雄
ファンクション7
新宿の雑踏で無差別テロ勃発。その裏には北朝鮮のテロリストの影が……。北朝鮮、韓国、日本を舞台に、人々の生きざまが錯綜する、社会派サスペンス！
あ93

梓林太郎
天城越え殺人事件　私立探偵・小仏太郎
伊豆・修善寺にある旅館で働く謎の美女は何者？　身元調べを依頼された小仏だが、女の祖父が五年前に殺されていたことを知り──傑作トラベルミステリー。
あ315

いぬじゅん
今、きみの瞳に映るのは。
奈良ケーブルテレビの新入社員・樋口壱羽は、社運を賭けたある番組のADに抜擢されるが……!?　世界を震撼させるラスト、超どんでん返しに、乞うご期待！
い181

沖田円
雲雀坂の魔法使い
ある町の片隅、少女のような魔法使いが営む『雲雀坂魔法店』。切実な苦悩や過去を抱えながらそこを訪れる人々との、切なくも心温まる物語は感涙必至!!
お111

倉阪鬼一郎
お助け椀　人情料理わん屋
江戸を嵐が襲う。そこへ御救い組を名乗り、義援金を募る僧達が現れる。その言動に妙なものを感じ、正体を探ってみると──。お助け料理が繋ぐ、人情物語。
く49

今野敏
排除　潜入捜査〈新装版〉
日本の商社が出資した、マレーシアの採掘所の周辺住民が白血病に倒れた。元刑事が拳ひとつで環境犯罪に立ち向かう、熱きシリーズ第2弾！（解説・関口苑生）
こ215

実業之日本社文庫 き51

君(きみ)がくれた最後(さいご)のピース

2021年8月15日　初版第1刷発行

著　者　菊川(きくかわ)あすか

発行者　岩野裕一
発行所　株式会社実業之日本社
〒107-0062　東京都港区南青山5-4-30
CoSTUME NATIONAL Aoyama Complex 2F
電話［編集］03(6809)0473［販売］03(6809)0495
ホームページ　https://www.j-n.co.jp/
DTP　ラッシュ
印刷所　大日本印刷株式会社
製本所　大日本印刷株式会社

フォーマットデザイン　鈴木正道（Suzuki Design）

ISBN978-4-408-55678-9（第二文芸）